Winner Take Nothing

勝利者一無所獲

海明威 著

秦懷冰 譯

Winner Take Nothing

勝利者一無所獲

目錄

【出版總序】

文學的陽光VS.生命的陰霾：海明威和他的作品

著名文化評論家
陳曉林

一九五三年，海明威獲得諾貝爾文學獎，評獎委員會所公布的理由，主要是宣稱他對「小說敘事藝術那強而有力、饒具風格的精湛駕馭」；但事實上，眾所周知的是，海明威的作品之所以受到舉世讀者的喜愛與肯定，並非只因在文學技法上的精擅或突破，而更是由於在主題、內容和價值觀上，對現代西方文壇的衝撞和啓發。

就這個意義而言，因爲評獎委員們在視域和膽識上的保守自閉，以致一再與真正偉大的作家、作品失之交臂的諾貝爾文學獎，在當年頒給了海明威，固然是使海明威在文學創作上的成就得以實至名歸的適時之舉；然而，又何嘗不是這個獎藉著對海明威的文學譽望錦上添花，而自證其畢竟尙能慧眼識才的一次契機？事實上，到了海明威推出令世界文壇震撼的名篇《老人與海》之際，他在歐美文學界的地位，及在讀者大眾心目的形象，均已經戛戛獨絕，而且屹立不移了。

現代文學的掌旗人

長年以來，海明威是公認的現代主義文學旗手及二十世紀美國傑出作家；但海明威的作品何以既予人以戛戛獨絕的「存在」感受，而又能被推崇為具有普世共通的「經典」意義，卻一直是個眾說紛紜的謎題。海明威作品的魅力，其實就潛藏在這個看似相當弔詭的謎題中。

包括不少詳研海明威生平的傳記作者，以及深入剖析海明威作品的文學評論家在內，一般咸認海明威是陽剛、勇敢、雄偉、簡潔、明朗的表徵，無論就人格特質或就寫作風格而言，均是如此。這當然是顯而易見的。不過，若是仔細參詳海明威生平及作品可資互相對映之處，便不難發覺：他在文學創作上一貫追尋、探索、表現某種令人神往的明朗與雄偉之境界，與他一直試圖克服生命中那種若隱若現、但呼之欲出的厭煩、壓抑與陰霾，乃是互有關連的情景。

換言之，海明威藉由文學創作來召喚生命的陽光，庶幾可以克服或抑制那些蠢蠢欲動的陰影。自小，海明威就擁有一顆特別善感的文學心靈，例如他在六歲時即對「人必將死亡」一事有著獨特的感知，並為之顫慄；又如他對性格專斷、不苟言笑、嚴持基督教規戒的母親在感情上十分疏離；對身為醫生的父親在他幼年時帶著他狩獵、釣魚，養成了他日後熱愛大自然的性向非常感念，但對父親在母親面前窩囊瑟縮、一籌莫展，他則深惡痛絕，（**父親終於在長期壓抑後自殺，更是海明威一生未曾擺脫的夢魘**）。

海明威作品中，對「父與子」錯綜情結的反覆探索、對兒時與父親在湖畔度假、在印地安營地交朋結友的一再緬懷，都反映了他心中的陽光與陰霾在交互糾纏。

心靈善感，對生命的陰霾從小就有深刻的體驗；然而稟性英勇，面對死亡的挑戰非但毫不畏懼，還要主動迎上前去。這就是海明威人格特質的殊異之處，也正是海明威文學魅力的核心所在。十八歲，他欲從軍參加一次世界大戰，雖因視力不及格而未果，但他鍥而不捨，次年改以紅十字會救護員的身分投入歐洲戰場。結果卻在首次出勤時即奮不顧身地在炮火中搶救袍澤，敵方大炮轟來，他身中數百塊彈片，體無完膚，不啻死過了一次。後來，他更以報社記者的身分參加西班牙內戰及二次大戰，無不實際投身在隨時可能喪命的第一線。

海明威作品揭示的真相

對死亡敏感，卻不斷向死亡迎面挑戰，是海明威呈現的人生真相，也是海明威作品的重要主題。正因爲死亡是如此的可怖，戰爭是如此的殘酷，一個人要活下去，就必須對生命中正面的價值或意義，具有明晰的感應。然而，一切所謂神聖的、崇高的、正義的、偉大的宣示或鋪陳，其實都是詐騙；列強爲了爭奪資源和市場而狗咬狗的世界大戰，動輒就殺傷上千萬的無辜軍民。在歐洲戰場，海明威看透了英美方面和德義方面都是一丘之貉；然而，人生畢竟需要有救贖，需要有陽光。而愛情的喜悅、審美的意趣，就成爲海明威筆下的殘酷世界中最動人、也最引人的救贖。

從《戰地春夢》到《戰地鐘聲》，再到後期的《渡河入林》，海明威作品一方面揭露了望之儼然的西方文明在本質上所體現的詐騙性與殘酷性，另方面則以愛情和審美作爲現代人生所剩餘的唯一救贖。他和《大亨小傳》的作者費茲傑羅、《荒原》的作者艾略特等名家，被歐美文壇公推爲「失落的一代」，無非是由於他們以敏銳的文學心靈洞徹了現代人的真實處境，以及現代文明的虛無本質。有了海明威等人，現代文學及時出現了在主題和技法上均迥異於傳統文學的「群聚效應」，足以與現代主義的藝術潮流交光互映了。

愛情、戰爭、冰山理論

戰爭、愛情、死亡、狩獵、鬥牛、拳擊、海洋、捕魚……大抵是海明威作品中恆常呈示的場景；以文學創作來召喚生命的陽光與救贖，則是他念茲在茲的題旨。然而，母題儘管顛撲不破，海明威卻精擅於以多重的變奏來敘述故事，鋪陳情節，從而營造出他所獨具的風格與氛圍。以愛情這個母題而言，除了《戰地春夢》的摯愛悲情、《戰地鐘聲》的生死契闊之外，如《太陽依然昇起》的荒蕪之愛、頹廢之美，《伊甸園》那放浪形骸到近乎變態的畸愛，均是別開生面的敘事。而即使同爲以成長、啓蒙、洞察真實人生爲題旨的短篇小說集，《勝利者一無所獲》、《沒有女人的男人》與《尼克的故事》也皆有各自獨具的結構和意涵。《有錢・沒錢》更爲嘲謔貧富懸殊的現代社會，及由此衍生種種不公不義的人生情境，提供了極尖銳的小說範本。

而海明威能夠如此「強而有力、饒具風格」地駕馭他的作品，主要關鍵在於他對敘事文體的運用，一貫要求做到「極簡」。他出身於報社記者，當年駐外記者報導新聞，爲了節省經費，採用所謂「電報體英文」，避用形容詞、副詞，只要精簡明瞭、直接達意即可。海明威在撰寫文學作品時體悟到：「極簡」反而可以創造出獨有的、明朗的風格，故而他刻意以「電報體」作爲自己主要的敘事語言；並由「極簡」風格的文字敘述，進而提煉出他自己獨樹一幟的文學創作論綱，即「冰山理論」。海明威認爲，文學作品的敘事，除了刻畫必要的場景，便只需寫出動作和對話即可，其餘的一切，應留待讀者自行感知和領會；因此，好的文學作品猶如一座浮在海面的冰山，敘述出來的只有八分之一，另外的八分之七則不需贅述，有如冰山留在海面下的主體。

「冰山理論」的輝煌例證，當然就是爲海明威博得舉世稱道的《老人與海》了。這個情節極單純、但寓意極豐富的中篇小說，迄今仍是英美各名校的文學系必讀必研的小說典範。海明威對生命的終極體悟：「人可以被毀滅，但不可被打敗」，便出現在其中。看來，海明威以文學的陽光克服生命的陰霾，也是在本篇中臻於登峰造極之境。

賞味《勝利者一無所獲》：珍惜乾淨而明亮的事物

秦懷冰

海明威出版《勝利者一無所獲》時，他的成名之作《戰地春夢》正不斷創下一波波的暢銷紀錄；由於在表面看去，兩書的題旨相近，皆在揭露和控訴戰爭對生命的殺戮與對人性的傷害，所以，歐美文壇不乏一知半解之徒提出譏評，逕指海明威才華有限，在文學創作上只著重於單一主題，所反映的只是「戰後情緒」云云。

但這樣的評論顯然經不起檢驗，海明威日後豐碩的創作成果證明了他的文學才華是多面向的，而他對世界大戰的批判，實已提升到對西方文明進行本質性反思的高度。即使只就審視和消化戰爭經驗的題材而言，海明威在《勝利者一無所獲》中的處理，已與此前的《戰地春夢》截然有別，激情開始褪落，呈現出沉靜回味之後的澄澈與清朗。

這當然不是說，戰爭、死亡、暴力、殘酷等等，海明威視爲生命中恒常存在的陰霾與真相，已經遠颺；而是說，在這一系列短篇小說中，海明威是以微笑或苦笑的態度來面對生命的陰霾與真相。一方面，這更襯顯了戰爭的可怖與世道的殘酷；另一方面，也爲以文學的陽光驅散那些陰霾提供了某種可能性。或者，提供了另類的思考方式。

海明威的創作主題，至此已指向著生命哲理的境界。

本來，「贏家通吃」是西方社會的流行概念，歐美列強爲了爭奪資源、能源而反覆發動戰爭，不惜血流漂杵；究其原委，無非是在社會達爾文主義「優勝劣敗」的信念下，確信戰爭是攫取利益的有效途徑；但曾在戰場上死裡逃生的海明威卻發現，所謂「贏家通吃」只是幻覺，而由於戰爭往往將人生最可貴的事物或情懷毀於一旦，故「勝利者一無所獲」才是顛撲不破的真相。這系列小說，皆在揭明此理。

例如在「你們絕不會這樣」中，作者重訪以前曾受過傷的戰場，戰時景象猶如夢魘，逐一撲面而來；種種情節，歷歷如繪，包括精神障礙、失眠症、對存在的深刻懷疑和對他人的不信任。顯然，作者所要凸顯的就是戰爭給人帶來肉體上、心理上、精神上的傷害，以致勝利者不僅一無所獲，還種下了終身難癒的禍根。

另如在「賭徒、修女與收音機」中，因戰場殺戮而產生的精神障礙，一直糾纏著住院養傷的軍官與士兵，形成諸般光怪陸離的情節。

正因如此，海明威不斷藉由情節推動之所需，著意描述山巒、海洋、森林、樹木、陽光、城市等怡人景觀，以與那些殘酷而暴烈的戰爭場景作出對比。前者是自然存在的，後者是人爲發動的，人類何其愚蠢？

海明威短篇創作中受到極高度評價的「一個乾淨而燈火明亮的地方」亦收在本書中。這是現代主義小說的經典之作，言簡意賅，寫一個老人深夜在酒店獨飲，店中已無其他客人，兩名侍者都在盼望老人趕快離去，好讓他們打烊休息。從侍者私下的彼此對話可以知道，這老人雖然有錢卻不快樂，甚至還曾發生過自殺未遂的情事。海明威並未寫出老人何以在情緒上如此沮喪，乃至陷於絕望；但老人寧願逗留在「乾淨而燈火明亮的地方」，不願走到店外那一片黑暗、寒冷的荒蕪，畢竟顯示生命中仍有少許值得珍惜和留戀的事物。

海明威要抒寫和強調的，正是這少許「乾淨而明亮」的事物。

風暴之後

不爲什麼，只是爲了逗趣，我們打起架來，打鬥中我滑倒了，他用膝蓋頂住我的胸膛，兩隻手扼住我的喉頭想使我窒息而死，我一直掙扎，想從口袋裡掏出那柄小刀威懾，好讓他鬆開手。大家都醉得無力使他鬆手。他使我窒息得無法呼吸，並抓住我的頭向地上猛撞；我掏出那柄小刀了，並已把它打開；我從他的右臂向上橫刺一刀，他放開了我。這時即使他想不鬆手也不行。然後他垂著那隻受傷的手臂在地上翻滾，開始大叫大嚷，我說：

「你媽的，搞什麼鬼，想把我掐死不成？」

我可能把他殺死了。一個星期來我都不能下嚥。他把我的喉嚨掐得很嚴重。

事後我離開那兒，他們有許多人跟他在一起，我轉身走下船塢碼頭。我遇到一個人，他說街上有人殺了一個人，我說：「是誰殺的？」他說：「我不知道是誰殺的，人已經死了。」這時天色已黑下來，街上有水，沒有燈光，房屋的窗子已被吹破，所有的小船都在鎮上北端的水域上，樹被吹倒了，什麼東西都已吹落下來。我坐小艇出去，找到了我放在蒙戈碼頭的小船，它在那裡倒還好好的，只是船裡都是水。我把它牽引出來，用幫浦打出船裡的水。月亮周圍都是雲，風還很大，我一路上忍受著風吹浪打，捱到天亮，我才離開東碼頭。

老兄，這可是一次大風暴。我的船是首先逃出來的，你從未見過這樣大的風浪，那白浪就像一個大滷水桶，從東碼頭向西南碼頭撲過去，使你認不出堤岸來。有一條水道流經灘頭中央。樹木和一切都吹掉了，水道經過的地方，到處都是白浪滔滔，吹落的東西都漂流在上面。那些東西，有的是樹枝，有的是整株的樹，還有死鳥，都漂浮著。碼頭裡全是飛動的塘鵝和各種鳥類。這些鳥類大概知道風暴要來臨而躲入碼頭裡避難。

我在西南碼頭躺了一天，在我之後沒有人來過。我的船是最先出來的。我看到一段船桅漂浮著，知道那兒一定發生了沉船事件。我出去尋找，發現了那條船。那是一條三桅帆船。我只能看到一段一段的斷桅漂流在水面上。我駛向浮沙那邊去，仍未發現什麼，於是繼續搜尋。我看到了瑞貝卡燈塔，我看到各種鳥類聚集在上面，而當我仰頭仔細去觀看時，正是一大群鳥。

我看到水面上漂著一段帆桅模樣的東西，當我接近時，鳥兒全部都飛向空中，隨後停在我周圍。那裡的水很清，那段帆桅模樣的東西漂浮出水面的地方，我仔細看去，便看見水底下有一條長形的黑影子，我到達那黑影子的正上方，只見水底下是一條船。那條船在水底下大得驚人。我坐在小船上划過那條大船。它歪側著身子躺在那兒，船尾深深朝下沉埋。船上的小窗子都是緊閉著的，我看到窗玻璃在水底閃亮，整條船都看得見。這是我生平所見過最大的一條船，我划過整條船的長度，然後離開，把小船停放好，前面船塢碼頭那邊我有小汽艇，我推小汽艇下水，群鳥在我周圍一拐一拐一起走著。我有一面水鏡，因手發抖幾乎握不住。所有的船窗都是緊閉的，因此，只能沿著船邊觀看，但是在下方靠近船底的地方有個裂口，因而一直有東西漂浮上來。你說不出那是些什麼東西。只是碎物而已。群鳥在水面上追逐那些東西。你從未看見過這麼多鳥。牠們都在我周圍瘋狂地嘶叫著。

我能把一切都看得清清楚楚。我能把那整個船身都看得清清楚楚，船身在水底下看起來有一哩長。船身躺臥在一道白淨的沙堆上，隨著船身傾斜的是那段像前桅的木料或船首露出水面。船首沉沒在水下並不很深。我可以腳踩著船首上船名的字母，而頭正好露出水面。但是，最近的那個船窗洞口卻在下面十二尺之深的距離。我可以用魚叉桿觸到，我也試過以魚叉桿去敲破船窗玻璃，但辦不到。那玻璃太堅固了。因此，我慢慢回到小船上去，帶過來一把扳子，綁在魚叉桿的末端，這樣我可以把船窗玻璃敲破。我從那條船的船窗玻璃可以看見裡面的一切，並且我是第一個看到它的人，可是我無法進入船內。這條船裡的東西可能值五百萬美元。

想到這條船裡的東西是這麼值錢，不禁使我心動起來。最靠近的一個船窗裡我所能看到的東西，也只能經由水鏡觀看，卻無法取出來。我那隻魚叉桿一點也派不上用場。我脫去衣服，站在那兒深呼吸幾下，手裡帶著那把扳了，而後潛水下去，向下游，游向船尾。我在船窗邊緣撐住片刻向裡面觀看，看到裡面有個女人，她的頭髮全都漂浮起來。我看見她平平漂浮著，我用扳子使勁敲擊船窗玻璃兩次，我的耳裡只聽到叮噹的聲音，但打不破，我不得不浮出水面來。

我吊在小船邊緣喘息片刻，然後爬上去，深呼吸兩次之後又潛水下去。我向下游，用手指扣住船窗的邊緣，而後使勁的用扳子去敲打船窗的玻璃。我從窗玻璃可以瞧見那個女人漂浮在水中。她的頭髮曾緊貼在她的頭上，而今全都漂浮在水中。我能看到她的一隻手上戴著幾枚戒指。她的身子緊靠著船窗洞口，我又敲擊船窗玻璃兩次，我甚至不能把它敲裂出一道縫來。當我向上浮時，我想我可能來不及浮出水面換氣了。

我又一次潛水下去，這次我敲裂了玻璃，只是敲裂一條縫而已，當我浮上來時，我的鼻子流血了，我赤著腳站在船首的船名字母上，頭露出水面，略爲休息，然後我向小汽艇游過去，拖著身子爬進汽艇，在那裡等待頭痛停止。低頭望著水鏡，我必須將水鏡上的血清洗乾淨。而後我仰躺在小汽艇上，用手按在鼻孔下，以制止流血。我仰著頭躺在那兒向上望著，有無數的鳥在上面天空裡盤旋。

當我的鼻子流血停止時，我又從水鏡去觀看，然後一拐一拐的移向小船去，想找一件比扳子重的東西，但是沒有找到，甚至連一個海棉鉤子也找不到。我轉回來，水比以前更清了，你可以看到漂浮在白沙堆上的任何一件東西。我在找鯊魚，但是沒有找到。你能看到遠遠的地方有一條鯊魚。水是那樣清澈，沙是那樣白淨。有一條鉤竿可以用作小汽艇的錨，我走上船面，而後帶著那條鉤竿下水。我持著鉤竿一直下去，經過船窗洞口，我出手去抓，卻什麼也抓不住，於是繼續往下沉，沿著船身邊緣的弧度滑下去。我必須鬆開那條鉤竿了。我聽到船又噗通響了一聲，當我再露出水面時，那似乎已有一年之久。小汽艇因浪潮推移已經漂浮離開，我向它游過去，我的鼻子在水中滴著血，而當我在水中游著的時候，很高興這時沒有鯊魚來；但是我已游得筋疲力竭了。

我覺得我的頭已碰破了，不得不躺在小汽艇上休息，而後我向後輕划。這時已近黃昏。我帶著扳子又下去了，雖然這扳子根本派不上什麼用場。隨後，我又把這隻扳子綁在魚叉桿上，我從水鏡張望著，擊打窗玻璃，直敲到扳子脫掉了，我很清楚地看到扳子沿著船身滑下去，而後滑落在浮沙中埋起來。後來，我什麼事也不能做了。扳子滑落了，鉤竿也丟了。我只好輕輕划回小船去。我累得爬不上小汽艇，這時太陽很低。鳥兒統統湧出，離開了小汽艇。我用繩子拖著小汽艇向西南碼頭前進。鳥兒在我前後盤旋著。我累極了。

那天晚上風暴又吹起來了，整整吹了一個星期。這期間無法出去接近那條沉船。他們從鎮上出來告訴我說，我曾要殺他的那個傢伙除了手臂受傷外，已沒有什麼嚴重性了。我回到鎮上去，他們分給我值五百塊錢的公債有價證券。那是因爲我的幾個朋友發誓說那傢伙帶了一柄斧頭跟在我後面。等我們再回到那條沉船去的時候，那些希臘人已經把船打開，洗劫一空。他們用炸藥炸開了保險櫃。沒有人知道他們掠奪了多少財物。船上裝載著金子，他們都帶走了。他們把船劫掠精光。本來是我發現這條船的，但是我沒有從船上拿走一個鎳幣。

總之，這是窩囊事。他們說，當颶風來時，這條船正在哈瓦那碼頭之外，船無法入港，原因或許是物主沒有讓船長有駛入港口的機會，也許是反對駛入這個港口。他們說，船長要入港，因此，船必須帶著東西繼續前進。天黑了，他們想駛過瑞貝卡和托突加斯之間的海灣，這時船觸及了浮沙。也許是船舵掉了。也許是他們已失去駕駛者。但是，不管怎樣說，他們並不知道他們已困於浮沙之中。當船碰撞時，船長一定命令他們打開貨櫃底艙以使船能穩定不動。但它所觸及的是浮沙。當他們打開貨櫃底艙，船尾首先下沉，而後水覆蓋了船舷。船上有四百五十位旅客和船員。在我發現這條船的時候，他們應該是都上了甲板才對。

當船撞碰浮沙而船身下沉時，他們也必定打開了貨櫃。而後，鍋爐爆炸，並且爆出了許多碎片。有趣的是那邊並沒有出現鯊魚。甚至連一條魚也沒有。如果有的話，在那清澈潔白的沙上我一定看得很清楚的。

現在當然有很多魚。有最大的鱸魚。現在這條船的船身大部份都埋在浮沙之中，然而魚類卻浮游在船身裡面。這些魚都是最大的鱸魚。有的重約三百到四百磅。那天我們可以出來捕幾條。你可以看到這條船曾經駛過的瑞貝卡燈塔的燈光。他們已經在沉船的地方放置了浮標。船的尾端沉入浮沙中，位置正在海灣的邊緣。船所航行過的距離約一百碼。在黑夜的風暴中，他們並沒有碰上這條船；由於風雨的關係他們也沒有看見瑞貝卡。他們不習慣這樣的事；郵輪的船長不習慣這樣的航行。他們有航線，他們告訴我說，他們有某種羅盤針可以自動航行。當他們遭遇風暴時，他們大概不知道他們在什麼地方。他們大概失去了船舵。大概是他們在那個海灣沒有什麼事要辦，而必須開往墨西哥去。當他們碰上那陣暴風雨時，他們一定是碰上了什麼東西而必須打開貨櫃艙底。在那陣暴風雨中，想必沒有人在甲板上。所有的人一定都在底下船艙中。他們不可能待在甲板上。他們心裡一定很緊張，因爲船猛然停住。我看見我的扳子落入浮沙中。當船撞擊時，船長可能不知道那是浮沙，除非他熟悉這一帶的水域。他只知道那不是岩石。他想必在船橋上把一切都看得很清楚。當船突然停住，他一定知道大概發生了什麼事。我不敢想像船是怎樣卡住的。我在猜想大副一定跟船長在一起。你認爲他們是在船橋裡呢，還是在船橋外。他們沒有發現任何屍體，甚至一具屍體都沒有。也沒有浮屍。他們曾以救生帶漂浮了很遠一段距離。他們一定進入船內去了。嗯，那些希臘人把什麼都劫掠走了。所有的東西都拿走了。他們一定捷足先登。他們把那條船洗劫一空。起初那兒只有鳥，而後是我，而後是希臘人，即使是鳥也比我從那條船上所獲為多。

一個乾淨而燈火明亮的地方

天色向晚，咖啡館裡客人都離去了，只剩下一個老人還坐在擋住燈光的樹葉陰影下。白天，這條街上總是塵土飛揚，不過到了夜晚，露水漸生，便會滴淨這些塵埃。老人喜歡坐到很晚，因爲他的耳朵聾了，現在夜深人靜，他正可以感覺到晝夜的差異。咖啡館的服務生知道老人已有些醉意了，雖然這老人是個好顧客，不過他們知道，他如果喝得太醉的時候，便會不付酒帳就走人，因此他們要留心些盯住他。

「上個星期他試圖自殺過。」一個服務生說。

「爲什麼？」

「因爲他處於絕望中。」

「爲什麼呢？」

「不爲什麼。」

「你怎麼知道不爲什麼？」

「他有很多財產啊。」

他們在咖啡館門口靠牆的一張桌子前坐下來，凝視著那邊的露台，那兒除了老人那張在輕風搖曳的樹影下擺著的桌子外，其他所有桌子都是空的。這時，一個軍人和一個女人走過街頭。燈光照出他領子上的黃銅號碼。女人沒有披圍巾，依偎在他身旁疾步相隨。

「衛兵會抓住他的，」一個服務生說。

「如果他得到了所追求的東西，那又有什麼關係？」

「他最好是現在就離開這條街，衛兵會找到他的。只不過才五分鐘之前他們才走過這裡。」

老人依然坐在燈光下的樹影中，用玻璃杯輕敲碟子。那個較年輕的服務生走到他前面。

「你要什麼？」

老人望著他說：「再來杯白蘭地。」

「你會喝醉的，」服務生說，老人望了望他。服務生走開了。

「他要留在這兒通宵都不走了，」服務生對他的同伴說。「我現在真睏。我從沒有在三點鐘以前可以睡覺。上個星期他若真的自殺就好了。」

服務生從櫃台裡取出一瓶白蘭地和一個托盤，走到老人的桌前。他把托盤放下，爲老人斟上一滿杯白蘭地。

「你應該上星期就自殺，」他對這個聾老頭說，老人只用手指做了個手勢。「再斟一點，」他說。服務生再向玻璃杯中斟酒，酒從杯緣溢出，從杯腳流到托盤裡。「謝謝你，」老人說。服務生把酒瓶帶回裡邊去。他又和他的同伴在桌邊坐了下來。

「他喝醉了，」他說。

「他每天晚上都喝醉。」

「他到底爲什麼自殺？」

「我怎麼知道？」

「他用什麼方法自殺？」

「他用一根繩子上吊。」

「誰把他救下來的？」

「他的姪女。」

「他們爲什麼要救他？」

「爲他的靈魂著想。」

「他有多少錢？」

「多得很。」

「他該已八十歲了吧？」

「我想早已過了八十。」

「我真希望他快回去，我從來沒有在三點以前睡覺。這樣下去，到底什麼時候才能睡呢？」

「他喜歡待在這裡。」

「他孤獨，我卻不孤獨呀，我太太還等著我去睡呢。」

「他也有過老婆。」

「現在，老婆對他來說也沒有什麼用了。」

「你不能這樣說，有個老婆總是比較好些。」

「現在是他的姪女在照顧他。你說過是她救他下來的。」

「我知道。」

「我才不想活到那麼一大把年紀，老人總是邋里邋遢的。」

「那倒不盡然，這位老人很乾淨，他喝酒從不會潑出來。你看他，已經喝醉了也不會潑出來。」

「我不要看他，我希望他回去，他簡直不理會別人還要工作。」

老人的眼光從玻璃杯上舉起，掃過敞廳，落到兩個服務生那邊。

「再來一杯白蘭地。」他指著面前的杯子。服務生匆忙走了過來。

「沒有了，」服務生用蠢人對酒鬼或外國人般的鄙俗簡略句說。「今天結束了，要打烊啦。」

「再來一杯嘛，」老人說。

「沒有了，都賣完啦。」服務生用毛巾擦著桌邊，同時搖搖頭。

老人站起來，慢慢數著碟子，從口袋裡掏出皮夾，付了酒帳，另外給了半個披索作爲小費。

服務生望著他走到街上，老人莊嚴而蹣跚地走著。

「你爲什麼不讓他再待一會兒，多喝點呢？」那個不著急的服務生問道。他們把百葉窗關好，「現在還不到兩點半哩。」

「我要回家睡覺去啦。」

「再一個鐘頭又有什麼關係？」

「對他沒關係，對我來說，那可是重要得很。」

「你講起話來就像個老頭子。他大可以再買瓶酒在家裡痛快地喝。」

「那可不一樣。」

「對，那可不一樣，」那個有老婆的服務生說。他並不願意顯得偏頗，他只有些心急。

「你呢？你不怕比通常回家的時候早下班嗎？」

「你想侮辱我？」

「怎麼會，老兄，我只不過和你開個玩笑。」

「不要這樣嘛，」在忙著的服務生說，他正把金屬百葉窗拉下來，然後站在那兒。「我有信心，我完全有信心。」

「你有青春、信心和職業，」年紀較大的服務生說。「你應有盡有。」

「你缺少什麼呢？」

「除了工作以外，什麼都缺。」

「我有的你也有呀。」

「並不盡然。我從來就沒有信心，何況我已不年輕了。」

「好了，別閒扯了，把門鎖上吧。」

「我也是喜歡在咖啡館裡待到深夜的人，」年紀較大的服務生說。「跟那些不想睡覺的，和需要夜生活娛樂的人一起待到深夜。」

「我喜歡回家去，往床上一躺。」

「我們所需要的是兩種完全不同的生活方式，」年紀較大的服務生說，他現在穿好了回家的衣服。「這不僅是青春和信心的問題，雖然青春和信心是美好的。每天晚上我總是十分勉強的關上大門，因為我想到還有一些人需要到咖啡館裡來。」

「老兄，有很多酒館都是通宵營業的。」

「你不瞭解，這兒是乾淨而令人愉悅的咖啡館。燈火通明，光線良好，還有樹影婆娑。」

「晚安，」年紀較輕的服務生說。

「晚安，」另外那個服務生回答說。他熄滅了電燈，不斷地喃喃自語。當然，除了燈光，還要地方乾淨，令人愉悅才行。你不需要音樂，當然不需要音樂。你不要莊嚴地站在吧台前，雖然這一切都是為消磨時間而設計。他到底在害怕什麼呢？其實不是害怕，也不是恐懼，而是因為他對虛無瞭解得太透徹了。一切都是虛無，人生也是空無。就因為這樣，燈光是他所需要的一切，他還需要某種潔淨的安寧。有些人生活著，但是什麼感覺也沒有，他知道一切都是空無，空無，空無。我們的空無就在空無之中，空無是你的名字，空無是你的國度；你是空無中的空無，就像空無本來就處在空無中一樣。你以這種空無來填補我們每天的空無吧，就像我們用空無來填補我們的空無。別把我們送進空無，而是要把我們從空無中拯救出來；爲無處不在的空無歡呼吧，空無與你同在。他微笑著站在吧台前，吧台上有一架發亮且冒著蒸氣的氣壓式咖啡攪拌機。

「你要點什麼？」吧台裡的人問道。

「空無。」

「又是一個神經病，」吧台裡的人說，同時把臉轉開去。

「來一小杯酒吧，」那個服務生說。

吧台裡的人爲他倒了一杯。

「燈光很明亮，也很令人愉快，只是吧台不夠光潔，」那個服務生說。

吧台裡的人望著他，但沒有答話。夜深了，不適於閒談下去。

「你要再來杯酒嗎？」

「不了，謝謝你。」那個服務生說完後就離去了。他不喜歡酒吧和酒店。可是，一個乾淨而燈火明亮的咖啡館就又當別論了。現在，不要想得太遠，他該回家了。最後，他一定會在大白天，躺在床上蒙頭大睡。他自言自語說，那大概是失眠吧，許多人都失眠的。

世界之光

那酒保看見我們進門，抬眼望了望，就伸出手去把玻璃罩子蓋在兩盤快餐上面，遞了過來。

「給我來杯啤酒。」我說。他把啤酒倒滿，用抹奶油的刀子把酒杯上面那一層泡沫刮掉，手裡卻握著杯子不放。我在酒桶上放下五分鎳幣，他才把啤酒往我這兒滑送過來。

「你要什麼？」他問湯姆說。

「啤酒。」

他倒滿一杯啤酒，刮掉泡沫，等看見了錢，才把那杯酒推過來給湯姆。

「怎麼回事？」湯姆問道。

酒保沒搭理他，逕自朝我們腦袋上面看過去，衝著剛進門的一個人說：「你要什麼？」

「黑麥威士忌酒。」那人說道。酒保拿出酒瓶和杯子，還有一杯水。

湯姆伸出手去揭開快餐上面的玻璃罩。這是一盤醃漬豬腿，盤裡擱著一把像剪子似的木製物，頭上有兩個木叉，供人叉肉。

「沒有了，」酒保說著就把玻璃罩重新蓋在盤子上。湯姆手裡還拿著木叉。「放回去。」酒保說道。

「不必多說了。」湯姆說。

酒保在酒櫃下伸出一隻手來，瞪起眼睛看著我們倆。我在酒桶上放了五毛錢，他才挺起身。

「你要什麼？」他說。

「啤酒。」我說。他先揭開兩個盤上的罩子再去取酒。

「你們店的混帳豬腿是臭的，」湯姆說著把一口東西全吐在地上。酒保沒有說什麼。喝黑麥酒的那人付了帳，頭也不回就走了。

「你們自己才臭呢，你們這幫無賴全都是臭貨。」酒保說。

「他說咱們是無賴。」湯姆跟我說。

「聽我說，咱們還是走吧。」我說。

「你們這幫無賴快給我滾蛋。」酒保說道。

「我說過我們要走，」我說，「但不是你叫我們走，我們就走。」

「回頭我們還要來。」湯姆說道。

「最好你們不要來。」酒保對他說。

「教訓他一下，讓他明白自己的無禮。」湯姆回過頭來跟我說。

「走吧。」我說道。

外面空氣很好，但卻一片黑漆漆的。

「這是什麼鬼地方啊？」湯姆說道。

「我不知道，咱們還是上車站去吧。」我說。

我們從這一頭進城，從那一頭出城。城裡一片皮革和鞣料樹皮的臭味，還有一大堆一大堆鋸木屑的味道。我們進城時天剛黑，這時候天已經又黑又冷，路上水坑都快結冰了。

車站上有五個風塵女子在等火車進站，還有六個白人，四個印第安人。車站很擠，火爐燒得燙人，煙霧騰騰，一股混濁的氣味。我們進去時沒人在講話，售票間的窗口關著。

「請關上門，行不行？」有人說。

我看看說這話的是誰。原來是個白人。他穿著截短的長褲，套著伐木工人的膠皮靴，花格子襯衫，跟另外幾個一樣穿著，不過沒戴帽子，臉色發白，兩手也發白，瘦瘦的。

「你到底關不關門啊？」

「關，關。」我說著就把門關上。

「謝謝你。」他說。人群另外有個人嘿嘿笑著。

「跟廚子開過玩笑嗎？」他跟我說道。

「沒有。」

「你不妨跟這位開一下玩笑，他可喜歡那樣呢。」他瞧著那個當廚子的。

廚子眼光避開他，把嘴唇閉得緊緊的。

「他手上抹了檸檬汁，所以死也不肯泡在洗碗水裡。瞧這雙手多白。」

有個風塵女放聲大笑。我生平還是第一回看到個頭這麼大的窯姐兒。她穿著一件已變了色的絲綢衣裳。另外兩個窯姐兒的體態跟她差不多，不過這最大個兒的準有三百五十磅。你瞧著她的時候還不相信她是真的人呢。這三個身上都穿著變了色的絲綢衣裳。她們並肩坐在長凳上。身軀都很龐大。另外兩個窯姐兒尚算長得不離譜，頭髮染成了金黃色。

「瞧瞧他的手。」那人說著朝廚子那兒點點頭。那窯姐兒又笑了，笑得前仰後合的。

廚子回過頭去，連忙衝著她說：「你這個一身肥肉的臭婆娘。」

她還是哈哈大笑，身子直顫抖。

「噢，我的天哪，」她說道。嗓子怪甜的。「噢，我的老天哪。」

另外兩個體形高大的窯姐兒倒顯得安安分分，似乎尚沒有理解到其中的妙處。不過她們的個頭也確實都很大，跟個頭最大的一個差不多。她們都足足有兩百五十磅。都表現得儼然一本正經。

男人中除了廚子和說話的那人外，還有兩個伐木工人，一個在聽著，雖然感到有趣，卻紅著臉兒，另一個似乎打算說些什麼；此外還有兩個瑞典人。有兩個印第安人坐在長凳那一端，另一個則靠牆站著。

打算說話的那傢伙悄聲向我說：「包管像躺在乾草堆上那樣的味道。」

我聽了不由得大笑，並把這話說給湯姆聽。

「憑良心說，像那種地方我還從沒見識過呢。」他說道。「瞧這三個大塊頭姨。」廚子終於開腔了。

「你們哥倆兒多大啦？」

「我九十六，他六十九。」湯姆說。

笑。

「呵！呵！呵！」那大塊頭窯姐兒笑得直打顫。她嗓門的確甜。另外幾個窯姐兒可沒笑。

「噢，你嘴裡沒句正經話嗎？我問你算是對你友好的呢。」廚子說道。

「我們一個十七，一個十九。」我說道。

「你這是怎麼啦？」湯姆衝著我說。

「沒有關係的啦。」

「你叫我艾麗斯好了。」大塊頭窯姐兒說著，身子又笑得打顫了。

「這是你的名字？」湯姆問道。

「那可不，就叫艾麗斯呀。」她說著，回過頭來看著坐在廚子身邊的人。

「一點也不錯，叫艾麗斯。」

「這是你們另外取的那種名字，花名。」廚子說道。

「這是我的真名字。」艾麗斯說道。

「另外幾位姑娘叫什麼啊？」湯姆問道。

「何絲兒和伊絲兒。」艾麗斯說道。何絲兒和伊絲兒微微一笑。她們不大高興。

「你叫什麼名字？」我問另一個金髮娘們。

「法蘭西絲。」

「法蘭西絲什麼？」

「法蘭西絲．威爾遜。你問這幹嘛？」

「你叫什麼？」我問另一個姑娘。

「噢，別貪多嚼不爛了！」她說。

「他無非想跟咱們大夥交個朋友罷了。難道你不想交個朋友嗎？」喜歡講話的那人說道。

「不想。不跟你交朋友。」頭髮染成金黃色的娘們說道。

「她真是個潑辣貨。一個道地的小潑婦。」那人說道。

一個金髮娘們瞧著另一個，搖搖頭。

「討厭的鄉巴佬。」她說道。

艾麗斯又哈哈大笑了起來，笑得前仰後合。

「有什麼可笑的？」廚子說，「你們大夥都笑，到底有什麼可笑的呢？你們兩個小伙子，上哪兒去啊？」

「你自己又上哪兒去？」湯姆問他道。

「我要上卡迪拉克。你們去過那兒嗎？我妹子住在那兒。」廚子說道。

「他自己也是個妹子。」穿截短的長褲的那人說道。

「你別說這種話行不行？咱們不能說說正經話嗎？」廚子說道。

「卡迪拉克是史蒂夫．凱切爾的故鄉，艾達．沃蓋斯特也是那裡人。」害臊的那人說。

「史蒂夫．凱切爾，」一個金髮娘們尖聲說道，彷彿這名字像槍子兒似的打中了她。「他的親老子開槍殺了他。唉，天哪，親老子。再也找不到史蒂夫．凱切爾這號人了。」

「他不是叫做史丹利．凱切爾嗎？」廚子問道。

「噢，少廢話！你對史蒂夫瞭解個啥？史丹利。他才不叫史丹利呢。史蒂夫．凱切爾是前所未有的大好人、美男子。我從沒見過像史蒂夫．凱切爾這麼乾淨、這麼純潔、這麼漂亮的男人。全天下找不出第二個來。他行動像老虎，真是前所未有的大好人，花錢最爽快。」金髮娘兒說道。

「你認識他嗎？」一個男人問道。

「我認識嗎？我認識他嗎？我愛他嗎？你問我這個幹嘛？我跟他可熟得很呢，就像你跟世上任何藉藉無名之輩一樣熟，我愛他，就像你愛上帝那樣深。史蒂夫．凱切爾哪，他是前所未有的大偉人、大好人、正人君子、美男子，可是他的親老子竟把他當條狗似的一槍打死。」

「你陪著他到沿岸各地去了嗎？」

「沒有。在這之前我就認識他了。他是我唯一愛過的人。」

頭髮染成金黃色的娘兒把這些事說得像演戲似的，人人聽了都對她肅然起敬，但艾麗斯又打著顫了。我坐在她身邊感覺得到。

「可惜你沒嫁給他。」廚子說。

「我不願妨害他的前程。我不願拖他後腿。他要的不是老婆。唉，我的上帝呀，他真是個了不起的人哪！」頭髮染成金黃色的娘兒說道。

「這樣看倒也不錯。可是傑克．約翰遜不是把他打倒了嗎？」廚子說道。

「這是耍詭計。那大個兒黑人偷打了一下冷拳。本來他已經把傑克．約翰遜這大個兒黑王八打倒在地。那黑鬼碰巧才得勝的。」頭髮染成金黃色的娘們說道。

這時售票間的窗口開了，三個印第安人走到窗口。

「史蒂夫把他打倒了。他還衝著我笑呢。」染金頭髮的娘們說道。

「剛才你好像說過你陪著他到沿岸各地去。」有人說道。

「我就是爲了這場拳賽才出門的。史蒂夫衝著我笑，那個該死的黑王八蛋跳起身來，給他一下冷拳。按說這號黑雜種一百個也敵不過史蒂夫。」

「他是個拳擊大王。」伐木工人說道。

「他確實是拳擊大王。現今確實找不到像他這樣好的拳手了。他就像位神明，真的。那麼純潔，那麼漂亮，就像頭猛虎或閃電那樣出手迅速，乾淨俐落。」染金頭髮的娘們說道。

「我在拳賽電影中看到過他。」湯姆說道。我們全都聽得很感動。艾麗斯渾身直打顫，我一瞧，只見她在哭。幾個印第安人已經走到月台上去了。

「天底下哪個做丈夫的都比不上他。我願意在上帝面前立刻嫁給他，這樣我就登時成了他的人，往後一輩子都是他的人了。我整個兒都是他的。我不在乎我的身子。人家可以糟蹋我的身子，可是我的靈魂卻永遠屬於史蒂夫．凱切爾的。天哪，他真是了不起的男子漢。」

人人都感到不是味兒。這是一幕哀傷而又尷尬的情景。後來，那個還在打顫的艾麗斯開口說話了，嗓音顯得低沉。「你睜眼說瞎話，你這輩子根本沒跟史蒂夫．凱切爾睡過，你自己心裡有數。」

「虧你說得出這種話來！」染金頭髮的娘們神氣活現地說。

「我說這話就因爲這是事實。這裡只有我一個人認識史蒂夫．凱切爾，我是從曼斯洛納來的，在當地認識了他，這是事實，你明明也知道這是事實，我要有半句假話，就讓我被天打雷劈。」艾麗斯說道。

「要我天打雷劈也行。」染金頭髮的娘們說道。

「這是千真萬確的，千真萬確的，這個你明明知道，不是瞎編的。他跟我說的話我句句都清楚。」

「他說些什麼來著？」那染金頭髮的娘們得意洋洋地說。

艾麗斯哭得淚人兒似的，身子顫動得連話也說不出。「他說：『你真是可愛的小寶貝，艾麗斯。』這就是他親口說的。」

「這是鬼話。」染金頭髮的娘們說道。

「這是真的，他的確是這麼說的。」艾麗斯說道。

「這是鬼話。」染金頭髮的娘們神氣活現地說道。

「不，這是真的，千真萬確，面對耶穌和瑪利亞，我都敢說這是真的。」

「史蒂夫絕不會說出這話來，這不是他平常說的話。」染金頭髮的娘們趾高氣昂地說道。

「這是真的，」艾麗斯嗓門怪甜地說道。「隨你信不信。」她不再哭了，總算平靜了下來。

「史蒂夫不可能說出這種話。」染金頭髮的娘們揚言說。

「他說了。記得當初他說這話時，我確實像他說的那樣，是個可愛的小寶貝，哪怕眼前我還是比你強得多，你這個舊熱水袋乾得沒有一滴水啦。」艾麗斯說著露出了笑容。

「你休想侮辱我，你這個大膿包。我記性可好得很呢。」染金頭髮的娘們說道。

「哼。你記得的事有哪一點是真的？你只記得你幾時月經來，幾時去打胎，和幾時吸上古柯鹼跟嗎啡。其他什麼事你都是報上剛看來的。我是乾淨的，這點你也知道，即使我個頭大，男人還是喜歡我，這點你也知道，我絕不說假話，這點你也知道。」艾麗斯以她那甜美的聲音說道。

「你管我記得哪些事？反正我記得的淨是些真事、美事。」染金頭髮的娘們說道。

艾麗斯瞧著她，再瞧著我們，她臉上憂傷的神情消失了，她笑了一笑，這時她那臉蛋簡直是我所見過最美麗的。她有一張漂亮的臉蛋，一身細嫩的皮膚，一副動人的嗓子，而且她人也真的很溫柔。可是，天哪，她塊頭真大。她的塊頭有三個娘兒那樣大。湯姆看見我正瞧著她，就說：「好了，咱們走吧。」

「再見。」艾麗斯說。她的聲音確實很甜美。

「再見。」我說道。

「你們哥倆往哪條路走啊？」廚子問道。

「反正跟你走的不是一條路。」湯姆對他說道。

紳士們，上帝令你們快樂

在那些日子，遠處的景色大不相同，塵埃掃過如今已經坍塌的山巒，使堪薩斯城看起來很像君士坦丁堡。你也許不相信這一點，沒有人會相信的；但這是真的。這個下午，天下著雪，一家汽車經銷商的櫥窗燈光照射在昏暗中，有一輛賽車，引擎蓋上漆著全是銀色的字樣——「丹斯．亞簡特」。我想這個字的意思是「銀色之舞」或「銀色舞者」，我對箇中含意略感困惑，不過一看到這部車子就高興，那是因爲我居然看懂上面的外國文字。我在風雪中沿著街道走去。我從吳爾夫兄弟餐館走出來，那家餐館在聖誕節與感恩節都免費供應一頓火雞大餐。我朝市立醫院走去，市立醫院在一座高高的山丘上，在那裡可以眺望煙霧、房屋和街景。在醫院的候診室裡有兩個野戰醫院的外科醫生——費雪爾醫師和威爾考克醫師，一個坐在辦公桌前，一個坐在靠牆的椅子上。

費雪爾醫師很瘦，皮膚呈土棕色，嘴唇很薄，眼睛頗富喜感，有一雙靈巧的手。威爾考克醫師是矮個子，膚色黝黑，帶著一本指南之類的手冊，書名是『青年醫生之友及導引』，不管發生什麼難題都可以參考這本手冊。上面有病徵與處方的說明，還有對照索引，也就是指示診斷的方法。費雪爾醫師說，此書將來還會有進一步的對照索引，也就是查出處方就指出診療與病徵。他說，「這有助於記憶。」

威爾考克醫師對這本書佩服得五體投地，身邊不能沒有它。這本書是軟皮封面，他把它裝在外衣口袋裡，這本書是他的一位教授叫他購買的，那位教授說，「威爾考克，你做醫生就會有事要你去辦。我已盡力使你成爲一個醫生。由於你現在是這個專門知識的一員，站在人道立場來說，我勸你去買一本『青年醫生之友及導引』，好好的運用它，威爾考克。好好的學習如何運用這本書吧。」

當時威爾考克沒有說什麼，但是某天他去買了這本軟皮封面的書。

「嗨，霍拉斯，」費雪爾醫生向我打招呼，這是當我走進那充滿了煙味、碘酒氣味、碳氣和暖爐熱氣的候診室裡的時候。

「閣下，你們好，」我說。

「市場那邊有什麼消息？」費雪爾醫師問。他以較爲誇張的口氣說話，然而對我來說，這似乎是極爲優雅的語氣。

「吳爾夫餐館有免費的火雞大餐，」我回答說。

「你吃了？」

「吃得很飽。」

「我們有許多同事在那邊吃嗎？」

「都在那邊，所有的人員都在。」

「有聖誕節那樣熱鬧嗎？」

「沒有那樣熱鬧。」

「威爾考克醫師也吃了些，」費雪爾醫師說。威爾考克醫師看了看他，而後看看我。

「來一杯吧，」他問。

「不，謝了，」我說。

「沒關係，」威爾考克醫師說。

「霍拉斯，」費雪爾醫師說。「你不會在意我叫你霍拉斯吧？」

「不會的。」

「好傢伙，霍拉斯，我們有個特別有趣的病例。」

「我也覺得很有趣，」威爾考克醫師說。

「你知道昨天來這裡的少年嗎？」

「哪一個？」

「就是那個要求閹割的少年。」

「哦。」當那個少年進來時，我也在場。他大約十六歲，進來時沒有戴帽子，非常興奮，也非常驚恐，但決心已定。他的頭髮鬈曲，梳得很整齊，嘴唇突出。

「孩子，你怎麼了？」威爾考克醫師問他。

「我要閹割，」那個孩子說。

「爲什麼？」費雪爾醫師問。

「我祈禱，並試過所有的方法，但都無效。」

「什麼無效？」

「那可怕的淫邪。」

「為什麼？」

「失血過多。」

「我們優秀的好醫生，好同事，威爾考克醫師在這裡，可是在他那本書裡找不到這類急診病例。」

「你他媽的怎麼可以講這樣的話，」威爾考克醫師說。

「醫師，我是以最友善的態度說這話的，」費雪爾醫師說。他一邊望著他的兩隻手，望著他那兩隻為他帶來麻煩的手。「霍拉斯在這裡可以作證，我確實是以最友善的態度來說這件事。霍拉斯，那切割手術是那個年輕人自己做的。」

「好啦，我希望你別用言語來戲弄我，」威爾考克醫師說。「你沒有用言語戲弄我的必要。」

「醫師，難道我會在我們的救世主誕生這天來戲弄你？」

「我們的救世主？你是猶太人嗎？」威爾考克醫生說。

「我是呀，我是呀，我卻常常忘記了，我從來沒有重視過這種事情。你提醒我，你實在太好了。你的救世主好吧，你的救世主，無疑是你的救世主——你可以在復活節前的禮拜日出遊。」

「你媽的實在太機巧了，」威爾考克醫生說。

「好高明的診斷，醫生。我確實經常都很機巧，機巧得無以遁形。霍拉斯，你可要避免這種機巧哪。你雖沒有這種機巧的傾向，但有時我卻能一下子就看出你的苗頭。那是多麼奇妙的診斷——如果沒有那本書。」

「去你媽的，」威爾考克醫生說。

「願你永遠愉快，醫師，」費雪爾醫師說。「願你永遠愉快。如果有那樣永遠愉快的地方，我也很想去探訪。我甚至已略窺其中奧妙，雖然只是驚鴻一瞥。當這位好醫師帶他進來時，你知道那個年輕人怎麼說，霍拉斯?他說，『我曾請求過你們為我閹割。我請求過你們為我閹割那麼多次啦。』」

「在聖誕節那天也是，」威爾考克醫師說。

「特殊日子的意義並不重要，」費雪爾醫師說。

「對你來說也許不重要，」威爾考克醫師說。

「霍拉斯，你聽到了他說的話嗎?」費雪爾醫師說。「你聽到了他說的話嗎?這位醫師發現了我的致命弱點，我的致命弱點就是人家所說的阿基力斯的腳踵，他最會利用別人的短處了。」

「你實在他媽的太奸巧了。」威爾考克醫師說。

海變

「好吧，」男人說。「怎麼樣？」

「不行，」女孩說。「我不能。」

「你是說你不願意。」

「我不能，」女孩說。「我的意思就是那樣。」

「你是說你不願意。」

「對，」女孩說。「你按你自己的方式看待吧。」

「我不要按我自己的方式接受這件事，但願我能夠忍受。」

「你已忍受很久了，」女孩說。

時間還很早，餐館裡除了酒保和坐在角落裡的那幾個人以外，就沒有別的人了。這是夏季的尾聲，他們兩人的皮膚都曬得黑黑的。因此，他們看起來不像巴黎人。女孩穿著蘇格蘭裝，皮膚光滑帶金棕色，金髮剪得很短，前額有美麗的垂髮。男人凝望著她。

「我要把她殺了，」男的說。

「請不要那樣做，」女孩說。她的手很纖細，男人看著她的手。她的兩隻手都很細嫩，呈現棕色，非常美麗。

「我要殺了她，我對天發誓一定要。」

「那不會使你快樂的。」

「你是不是又惹了別的麻煩？你是不是又遭到別的困境？」

「似乎沒有嘛，」女的說。「這回你究竟要怎樣辦？」

「我已跟你說過了。」

「不行，我真的認爲不可以。」

「我不明白，」他說。她望著他，並攤開兩隻手給他。「可憐的老斐，」她說。他望著她的兩隻玉手，但沒有去碰它們。

「不，謝謝，」他說。

「說聲抱歉對你完全沒有意義？」

「對。」

「我沒有跟你說情形是怎樣的嗎？」

「我寧可沒有聽說。」

「我很愛你。」

「是的，這次可以證明。」

「我很抱歉，」她說。「如果你不明白的話。」

「我明白，麻煩就在這裡，我明白。」

「你是瞭解的，」她說。「當然，事情是更糟了。」

「當然，」他望著她說。「我一直都會諒解，整天整夜，特別是夜裡。我會諒解的，你不必爲這件事擔心。」

「我很抱歉，」她說。

「如果是那樣一個人——」

「別說了，不會是那樣一個人。你是明白的，你不信任我嗎？」

「很好笑，」他說。「我信任你，真好笑。」

「我很抱歉，」她說。「我似乎只能這樣說。當我們相互間已諒解，也就用不著假裝我們還不諒解。」

「不會的，」他說。「我想不會的。」

「如果你需要我，我就回來。」

「不要，我不需要你。」

而後，他們好一會兒什麼也不說。

「你不相信我是愛你的，是嗎？」女孩問。

「我們不要彈這個濫調，好嗎？」男人說。

「你真的不相信我愛你嗎？」

「那你爲什麼不證明這愛給我看呢？」

「你沒有那樣說嘛。你從來不要我證明什麼，以爲那是不禮貌的。」

「你真是個有趣的女孩。」

「你卻不解風情。你是個好人，卻使我傷心得要離你而去——」

「當然，你離去是勢在必行。」

「是的，」她說。「是我要離去，你心裡明白。」

男人不再說什麼，她望著他，又把她的兩隻手伸出來。酒保待在酒吧遠處一角，他的臉色蒼白，夾克也是白的。他認識這兩個人，認爲他們是一對漂亮的年輕人。他見過許多十分登對的年輕人分手，也見過新的一對一對的年輕人在一起，但不多久又分開了。他認爲這一對不會那樣。他現在沒有想分離這件事，而是在想一匹馬。半小時內他就要越過對街去查詢那匹馬是否跑贏了。

「你能不能對我做做好事，放我走？」女孩問。

「你認爲我要怎樣做？」

兩個人進入門口，走向吧台。

「喝點什麼，先生，」酒保招呼道。

「你不能寬恕我？你什麼時候知道這件事的？」女孩問。

「嗯。」

「你不認爲我們所做的事情會在諒解方面造成差異嗎？」

「邪惡就是這樣可怕的怪物，」年輕的男士痛苦地說。「事情總該有個交代。然後，我們才會心無罣礙，然後，我們才會擁抱在一起。」他想不起要講的話。「我說不上來了，」他說。

「我們不要說邪惡，好吧？」她說。「那是不文雅的詞兒。」

「那就說變態吧，」他說。

「詹姆斯，」一位顧客叫酒保。「你看起來氣色很好。」

「你看起來也很好嘛，」酒保說。

「老傑，」另外一位顧客說。「詹姆斯，你胖了些。」

「那太可怕了，」酒保說。「那是衣服使我顯得胖些吧。」

「詹姆斯，別忘了加些白蘭地，」第一個顧客說。

「不會忘的，先生，」酒保說。「你可以信任我。」

在吧台邊的兩個人望著對面桌子邊的兩個人，而後回頭再望望酒保。朝著吧台這一邊是令人感到舒適的一面。

「如果你不講那種話，我會更高興，」女的說。「其實，你也用不著講那些。」

「你要怎樣來說那件事呢？」

「你不必講個名目，也不必爲那件事定個名稱。」

「本來就是那個名稱嘛。」

「不，」她說。「人會創造各種名稱。你知道，那個名稱你已用得夠多了。」

「別再說了。」

「那是爲了向你解釋呀。」

「好吧，」他說。「好吧。」

「你是說一切都錯了，我知道，什麼都錯了。可我是有意要回來。我跟你說過我要回來，我馬上就要回來。」

「不，你不可以。」

「我要回來。」

「不，你不可以。不要回到我這邊來。」

「你等著看吧。」

「是的，」他說。「那實在太糟了。也許你是心甘情願的。」

「當然，我是自願的。」

「那麼，你就說出來吧。」

「真的？」她不相信他，但是她的語調顯得很愉快。

「說吧，」他的聲音聽起來有點怪。他正望著她，望著她的嘴唇，望著她那弧形的顴骨，望著她的眼睛，望著她前額的垂髮，望著她的耳垂，望著她的脖子。

「啊，你實在太甜了，」她說。「你對我實在太好了。」

「那麼，你回來時要把所有的經過都告訴我。」他的聲音聽起來非常古怪。他沒有認清那件事情。她急急地望著他。曉得他作了某項決定。

「你要我走嗎？」她帶嚴肅的口氣問道。

「是的，」他嚴肅地說。「現在就走。」他的語氣與剛才不一樣，嘴唇顯得非常乾燥。「現在就走。」他說。

她站起來，很快地走出去，沒有回頭看他。他望著她走了，他不再是從前的他，不再是從前要她走時那樣的軟弱了。他從桌邊站起來，從桌上抓起兩張單子，走向吧台去。

「詹姆斯，你看我變了吧，」他對酒保說。「你看我變得很厲害吧。」

「是的，先生，」詹姆斯說。

「邪惡，」這個棕色皮膚的年輕人說。「邪惡是件非常奇怪的事，詹姆斯。」他望著門外，他望著她走上街道。當他望著鏡子時，發覺自己的樣子確實有所改變。在吧台的另外兩個人讓出其中一位給他。

「先生，這邊坐，」詹姆斯說。

另外那兩個人再往下移開一點，使他能坐得更爲寬敞舒服些。那個年輕人望著吧台後鏡裡的自己。「我說過我變了，詹姆斯，」他說。他從鏡子裡望見自己，看出那是真的。

「你看起來氣色非常好，先生，」詹姆斯說。「這個夏天你一定過得很好。」

你們絕不會這樣

部隊攻過了田野，在這低窪的公路和那一帶農舍的前方曾遭到過機槍火力的狙擊，進到鎮上後就沒有再遇到抵抗，一直攻到了河邊。尼克·亞當騎了輛自行車順著公路一路過來，碰到路面實在坎坷難行的地方，就只好下車推著走，根據地上遺屍的位置，他揣摩出了戰鬥的經過情景。

屍體有單獨的，也有成堆的，茂密的野草裡有，沿路也有，口袋都給兜底翻了出來，身上叮滿了蒼蠅，無論單獨的還是成堆的，屍體的四周都散落著一片片破報紙。

路旁的草叢和莊稼裡還丟棄著許多物資，有些地方連公路上都狼藉滿地；看到有一個野外炊事場，那一定是仗打得順利的時候從後方運上來的；還有許多小牛皮蓋的袋子、手榴彈、鋼盔、步槍，有時還看到有步槍槍托朝天，刺刀插在泥土裡——看來他們最後還在這裡掘過好些壕溝：除了手榴彈、鋼盔、步槍，還有挖壕溝用的傢伙、彈藥箱、信號槍、散落一地的信號彈、藥品箱、防毒面具、裝防毒面具用的空筒、一挺三腳架架得低低的機槍。機槍下一大堆空彈殼，子彈箱裡還露出了夾得滿滿的子彈帶，加冷水用的水壺倒翻在地，水都乾了，後膛早已炸壞，機槍手東歪西倒，前後左右的野草地裡，更多的模造紙散落在那裡。

亂紙堆裡有彌撒經，有印著合照的明信片，照片裡的人就是這個機槍組的成員，個個紅光滿面，興高采烈的站好了隊，好像一個足球隊在照相準備登上大學年刊一樣；如今他們都歪歪扭扭的倒在野草裡，渾身腫脹。還有印著宣傳畫的明信片，畫的是一個穿奧地利軍裝的士兵正把一個女人按倒在床上，人物形象大有印象畫派的味道，就畫論畫，倒也畫得滿動人，只是和現實情況完全不符。其實那些畫面與強姦婦女沒什麼兩樣，都是要把女人的裙子掀起來蒙她的頭，使她喊不出聲來，有時候還有個同伙騎在她的頭上。這種煽動性的畫片爲數不少，顯然都是在進攻前不久發出來的，如今就跟那些弄得汙黑的照相、明信片一起散得到處都是。此外，還有鄉下照相館裡拍的鄉下女孩的小相片，偶爾還有些兒童照，再有就是信件。信件之外還是信件。總之，有屍體的地方就一定有大量的亂紙，這次進攻留下的遺跡也不例外。

這些陣亡者才死不久，所以除了腰包被掏空以外，還無人去騷擾他們。尼克一路注意到，我方陣亡將士，至少在他心目中認爲的我方陣亡將士，倒是少得有點出乎意料。他們的外套給解開了，口袋也給兜底翻過來了，根據他們的位置，還可以看出這次進攻採取什麼方式、什麼戰術。炎熱的天氣可不管你是什麼國籍的，所以他們也都一樣被烤得渾身腫脹。

鎮上的奧軍最後顯然就是沿著這條低窪的公路在設防死守，能從這條防線退下來的可說絕無僅有。街上總共只見三具屍體，看來都是在逃跑的時候給打死的。鎮上的房屋都給炮火打壞了，街上盡是零零落落的牆粉層、灰泥塊，還有斷樑、碎瓦，以及許多彈坑，有的彈坑給芥子氣燻得邊上都發了黃。地下彈片累累，瓦礫堆裡到處可見開花彈的彈丸。鎮上根本已沒有人影。

尼克自從離開福爾納奇以來，還沒有看到過一個人。不過他沿著公路一路騎來經過林木茂盛的地帶，曾經看到公路左側桑葉頂上騰起一陣陣熱浪，這說明密密麻麻的桑林後面顯然有大炮隱藏在那裡，炮筒都被太陽曬得發燙了。現在看見鎮上竟空無一人，他不免感到意外，於是就穿鎮而過，來到緊靠河邊、低於堤岸的那一段公路上。鎮口有一片光禿禿的空地，公路就從這裡順坡而下，在坡上他看到了平靜的河面，對岸曲折的矮堤，還有奧軍戰壕前壘起的泥土，早被曬得發白了。多時未見，這一帶已是那麼鬱鬱蔥蔥，綠得刺眼，儘管如今已成了個歷史性的地點，這一段淺淺的河流依舊是原來的樣子。

部隊部署在河的左岸。堤岸頂上有一排散兵坑，坑裡有些士兵。尼克看到有的地方架著機槍，焰火信號彈也上了發射架。堤坡上散兵坑裡的士兵則都在睡大覺，誰也沒來向他查問口令。他逕自往前走，剛隨著土堤拐了個彎，冷不防閃出來一個鬍子滿腮、鬢毛泛紅、滿眼都是血絲的年輕少尉，拿手槍對住了他。

「你是什麼人？」

尼克把身分告訴了他。

「有什麼證明？」

尼克出示了通行證，證件上有他的照片，有他的姓名身分，還蓋上了第三集團軍的大印。少尉一把抓在手裡。

「由我來保管。」

「那可不行，」尼克說。「證件必須還給我。手槍快收起來，放到槍套裡去。」

「我怎麼知道你是什麼人呢？」

「證件上不是寫著了嗎？」

「萬一證件是假的呢？這證件得交給我。」

「別傻了，」尼克神采飛揚地說。「快帶我去見你們的指揮官吧。」

「我得送你到營部去。」

「好吧，」尼克說。「喂，你認識帕拉凡西尼上尉嗎？就是那個留小鬍子的高個子，以前當過建築師，會說英國話的。」

「你認識他？」

「有點認識。」

「他指揮第幾連？」

「第二連。」

「現在他是營長。」

「那可好，」尼克說。聽說帕拉安然無恙，他心裡覺得一寬。「咱們到營部去吧。」

剛才尼克出鎮口的時候，右邊一所破房子的上空爆炸過三顆開花彈，此後就一直沒有聽見過炮聲。可是這軍官的臉色卻老像在挨排炮一樣，不但臉色緊張，連聲音聽起來都不大自然。他的手槍使尼克很不自在。

「快把槍收起來，」他說。「敵人跟你還隔著這麼大一條河呢。」

「我要真當你是間諜的話，這就一槍斃了你啦。」少尉說。

「好啦，」尼克說。「咱們到營部去吧。」這個軍官弄得他非常不自在。

營部設在一個掩蔽壕裡，代營長帕拉凡西尼上尉坐在桌子後邊，比從前更消瘦了，那英國氣派也更足了。尼克敬了個禮，他馬上從桌子後邊站了起來。

「好哇，」他說。「乍一看，簡直認不出你了。你穿了這身軍裝要幹什麼呀？」

「是他們叫我穿的。」

「見到你太高興了，尼古洛。」

「真太高興了。你氣色不錯呢。仗打得怎麼樣啊？」

「我們這場進攻戰打得漂亮極了。真的，漂亮極了。我指給你看，你瞧吧。」

他就在地圖上比劃著，講述了進攻的過程。

「我是從福爾納奇來的，」尼克說。「在路上也看得出一些情況。的確打得很不錯。」

「了不起，實在了不起。你現在調到團部？」

「不。我的任務就是到處走走，讓大家看看我這一身軍裝。」

「有這樣的怪事。」

「要是看到有這麼一個身穿美軍制服的人，大家就會相信美軍快要大批開到了。」

「可是怎麼讓他們知道這是美軍的制服呢？」

「你告訴他們嘛。」

「啊，明白了，我明白了。那我就派一名班長給你帶路，陪你到各處部隊裡去轉一轉。」

「像個他媽的政客似的。」尼克說。

「你要是穿了便服，那就要引人注目多了。在這兒穿便服的才真叫萬眾矚目呢。」

「還要戴一頂洪堡帽。」尼克說。

「或者戴一頂毛茸茸的軟呢帽也行。」

「照理說要以美軍姿態出現，我口袋裡該裝滿了香菸啦、明信片啦這一類的東西，」尼克說。「還應該背上一滿袋的巧克力。逢人分發，並帶著慰問幾句，還要拍拍脊背。可是現在一沒有香菸、明信片，二沒有巧克力，所以他們叫我隨便走上一圈就行。」

「不過我相信你這一來，對部隊總是個很大的激勵。」

「你可別那麼想才好，」尼克說。「老實說我心裡覺得彆扭得很。其實按我的一貫原則，我倒巴不得給你帶一瓶白蘭地來。」

「按你的一貫原則，」帕拉說，這才第一次笑了笑，露出了發黃的牙齒。「這話真說得妙極了。你要不要喝點軍中的土酒？」

「不喝了，謝謝。」尼克說。

「酒裡沒有乙醚呢。」

「我至今還覺得嘴裡有股乙醚味兒。」尼克一下子全想起來了。

「你知道，要不是那次一起坐卡車回來，在路上聽你胡說一通，我還根本不知道你喝醉了呢。」

「我每次進攻前都要喝個酩酊大醉。」尼克說。

「我就受不了，」帕拉說。「我第一次上戰場時嘗過這個滋味，那是我生平打的第一仗，一喝醉反而覺得肚子裡難過極了，到後來又渴得要命。」

「這麼說打仗你用不著靠酒來幫忙。」

「可是你打起仗來比我勇敢多了。」

「哪裡，」尼克說。「我有自知之明，寧願自己還是喝醉的好。我倒不覺得這有什麼難為情的。」

「我可從來沒見你喝醉過。」

「沒見過？」尼克說。「會沒見過？你難道不記得了，那天晚上我們從梅斯特里乘卡車到波托格朗德，路上我要睡覺，把自行車當作了毯子，打算拉過來在胸前蓋好？」

「那可不是在火線上。」

「不必談我的糗事了，」尼克說。「這我自己心裡太清楚了，我都不願意再想了。」

「那你還是先在這兒待會兒吧，」帕拉凡西尼說。「要打盹只管請便，在挨炮擊的時候很少有人能打瞌睡的。這會兒天還熱，要出去走走還嫌早。」

「我看反正也不忙。」

「你的狀況真的不壞嗎？」

「滿好。完全正常。」

「不，要實事求是說。」

「其實都還好。我的問題是如果沒有燈就睡不著覺。只不過還有這麼點毛病。」

「我早就說過你應該動個穿孔手術。別看我不是醫生，我知道這情形的。」

「不過，醫生認爲還是讓它自行痊癒的好，我也不能強求。怎麼啦？難道你看我的神經不大正常？」

「哪裡，絕對正常。」

「誰只要一旦給醫生下了個神經失常的診斷，那就夠你受的，」尼克說。「從此就再也沒有人相信你了。」

「我說還是打個盹好，尼古洛，」帕拉凡西尼說。「這個地方跟我們以前見慣的營部可不能比。我們就等著轉移呢。這會兒天還熱，你不要出去——犯不上的。就躺在那張鋪上吧。」

「那我就躺一會兒吧。」尼克說。

尼克躺在床鋪上。他身上不大對勁，心裡本來就很失望，何況連帕拉都看出來了，所以越發感到懷憂喪氣。這個地下掩蔽壕可不及從前的那一個大，記得當初他帶的那一個排，都是一八九九年出生的士兵，剛上前線，碰上進攻前的炮轟，在掩蔽壕裡嚇得一個個歇斯底里的，帕拉命令他帶他們每兩人一批，出洞去走走，好叫他們明白不會有什麼危險。他拿鋼盔皮帶緊緊的扣住了下巴，連嘴唇都沒動一動，心裡明知士兵們的這種毛病一發作就別想止得住。明知道帕拉提出的這種辦法根本是胡說八道；照理，誰要是哭鬧個沒完，那就揍他個鼻子開花，看他還有心思哭鬧。我倒想槍斃一個，可現在來不及了。怕他們會愈鬧愈凶，還是去揍他個鼻子開花吧。進攻的時間改在五點二十分了。咱們只剩下四分鐘了。還有那一個窩囊廢，也得把他揍個鼻子開花，揍完就給他屁股上來一腳把他踢出去。你看這樣一來他們就會去嗎？要是再不肯去，就槍斃兩個，把餘下的人好歹都一起轟出去。班長，你要在後面押隊哪。你自己走在前面，後面沒有一個人跟上來，那有屁用。你自己走了，要把他們也帶出去啊。真是胡鬧一氣。好了。這就對了。於是他看了看錶，才以平靜的口氣，以那種極有分量的平靜的口氣，說了聲：「真不愧是薩伏伊人。」

他沒有酒喝也只好去了，來不及弄酒喝了。地洞倒塌，洞的一頭整個坍塌了，他自己的酒哪還找得到呢。一切都是由此而起的。他沒喝酒就往那山坡上去了，就只這一回他沒有喝醉就往山坡上去了。回來以後，好像那座醫院的架空索道站就著了火，過了四天，有些傷員就往後方撤了，也有一些並沒撤，然而我們還是攻上去又退回來，退到山下——總是退到山下。呵，蓋蓓．特麗絲來了，奇怪，怎麼滿身都是羽毛啊。一年前你還叫我好寶貝呢……嘖嘖嘖……你還說你很喜歡我呢……嘖嘖嘖……有羽毛也好，沒羽毛也好，那可永遠是我的好蓋蓓，我呢，我就叫哈利．皮爾塞，我們倆上山一到陡坡，總要從右手裡跳下出租汽車。他每天晚上總會夢見這麼一座山，還會夢見聖心大教堂，晶瑩透亮，像個肥皂泡一樣。他的女友有時跟他在一起，有時卻跟別人作了伴，他也不明白是什麼道理，反正逢到她不在的夜晚，河水一定漲得異樣的高，水面也一定異樣的平靜。他總還夢見福薩爾塔鎮外有一所黃漆矮屋，四周柳樹環繞，旁邊還有一間矮矮的馬棚，屋前還有一條運河。這個地方他到過千八百次了，可從來沒見過有那麼一所屋子，不過現在每天一到夜裡，這所矮屋就會像那座山一樣清清楚楚地出現在眼前，只是見了這屋子他就害怕。那好像比什麼都重要，他每天晚上都會見到。

他倒也巴不得每天能看一看，只是他見了就會害怕，特別是有時見到屋前柳樹下運河岸邊還靜靜地停著一條船，那就怕得更厲害了。不過那運河的河岸跟這裡的河岸不一樣。運河的河岸更加低平，倒跟波托格朗台那一帶差不多，記得當初他們就是在波托格朗台看到那一批人，高高的捧著步槍，在水裡一步一掙扎，爬上淹沒的河灘而來，最後卻都連人帶槍紛紛被射倒在水裡。那個命令是誰下的？要不是腦子裡亂得像一鍋粥，他本來是可以想得起來的。他正是為了這個緣故，所以凡事總要看個仔細，弄個清楚，心裡有了譜，臨事才可以應付自如，可是偏偏這腦子會無緣無故說糊塗就糊塗，例如現在他就糊塗了——他躺在營部的一張床鋪上，帕拉當上了營長，他呢，卻穿著一套倒楣的美軍制服。他仰起身來四下望望：只見大家都看著他。帕拉出去了。他就又躺了下來。

至於巴黎的那段經歷，論時間還要早些，對這一段事，他倒不是怎麼害怕，就算偶爾有些害怕吧，那也無非是因爲她跟著別人走了，否則就是擔心他們還會碰上早先照過面的那個車夫。他所害怕的無非就是這些。對前線的事倒是一點也不怕。他的眼前也不再出現前線的景象了，現在使他心驚膽戰、怎麼也擺脫不開的，倒是那幢長長的黃漆矮屋，以及那闊得異乎尋常的河面。他今天又重來這裡，走到了河邊，也去過了鎮上，卻看到並沒有那麼一所屋子。看到這裡的河也並非如夢中那樣。那麼他每天晚上去的到底是哪兒呢？那又有什麼可怕的呢？爲什麼他一醒過來就要遍體冷汗，爲了一幢屋子、一間長長的馬棚、一條運河，竟會比受到炮轟還嚇得厲害呢？

他坐了起來，小心翼翼地把腿放下；這雙腿伸直的時間一長，就要發僵；看到副官、信號兵和門口的兩個傳令兵都盯著他，他也盯了他們一眼，然後就把他那頂蒙著布罩的鋼盔戴上。

「很抱歉，我沒帶巧克力來，也沒帶明信片和香菸，」他說。「不過我還是穿著這身軍裝來了。」

「營長就快回來了。」那副官說。在他們部隊裡，副官不過是個軍士，不是軍官。

「這身軍裝還不完全符合規格，」尼克對他們說。「不過也可以讓大家心裡有個數。幾百萬美國大軍不久就開到了。」

「你說美國人會派兵到我們這兒來？」那副官問。

「那當然。這些美國人的塊頭都有我兩個那麼大，身體健壯，心地純潔，晚上睡得著覺，從來沒受過傷、挨過炸，也從來沒碰上過地洞倒塌，從來不知道害怕，也不愛喝酒，對家鄉的女友不會變心，多數從來沒有長過蝨子——都是些出色的小伙子，回頭你們就會看到。」

「你是義大利人？」那副官問。

「不，亞美利加人。你們看這身軍裝。是斯帕諾里尼服裝公司特地裁製的，不過縫得還不完全合乎規格。」

「北美，還是南美？」

「北美。」尼克說。他覺得那股氣又上來了。不行，要沈住點氣。

「可是你會說義大利話？」

「那又有什麼問題呢？難道我說義大利話不好嗎？難道我連義大利話都不可以說嗎？」

「你得了義大利勛章呢。」

「不過拿到了些勛表和證書罷了，勛章是後來補發的。不知是託人保管、人家走了呢，還是連同行李一起都遺失了。反正那在米蘭還買得到。要緊的是證書。你們也不要覺得不高興。你們在前線待久了，也會得幾個勛章的。」

「我是厄立特里亞戰役的老兵，」副官口氣生硬地說。「我在的黎波里打過仗。」

「真是幸會了，」尼克伸出手去。「那一仗想必打得挺辛苦吧。我剛才就注意到你的勛表了。你也許還去過了卡索吧？」

「我是最近才應徵入伍參加這次戰爭的，本來論年紀我已經超齡了。」

「我原先倒是適齡的，」尼克說。「可是現在也退役了。」

「那你今天還來幹什麼呢？」

「我是來讓大家看看這一身美軍制服的，」尼克說。「挺有意思的，是不是？領口是稍微緊了點，可是不需多久你們就可以看到，穿這種軍裝的要來好幾百萬，像蝗蟲那樣一大片。你們要知道，我們平日所說的蚱蜢——我們美國人平日所說的蚱蜢，其實也就是蝗蟲一類。真正的蚱蜢身軀小，皮色綠，蹦跳的勁頭也沒有那麼大。不過你們千萬下能弄錯，我說的是蝗蟲，不是蟬——不是知了。蟬會連續不斷地發出一種獨特的叫聲，可惜那種聲音我現在一時記不起來了。怎麼想也想不起來了。剛要想起來，一下子卻又逃得無影無蹤了。對不起，請讓我歇口氣。」

「去把營長找來，」副官對一個傳令兵說。「你受過傷的，我看得出來。」他又回頭對尼克說。

「受過好幾處傷啦，」尼克說。「要是你們對傷疤有興趣，我倒有幾個非常有趣的傷疤可以給你們看看，不過，我還是喜歡談談蚱蜢。我們所說的蚱蜢，其實也就是蝗蟲一類啦。這種昆蟲，在我的生命史上曾經起過不小的作用。說起來你們也許會感到有興趣，你們可以一邊聽我說，一邊就看我的軍裝。」

副官對另一個傳令兵做了個手勢，那傳令兵也出去了。

「好好的看著這套軍裝。要知道，這是斯帕諾里尼服裝公司裁製的。你們也請來看一看吧，」這句話，尼克是衝著那幾個信號兵說的。「我真沒有軍銜，不騙你們。我們是歸美國領事管的。只管請看，不要有什麼不好意思，睜大了眼睛看也不要緊。我這就來給你們講講美國的蝗蟲。根據我們一向的經驗，有一種叫做「茶色中個兒」的，那最好了。浸在水裡不容易泡爛，魚也最喜歡吃。還有一種個兒大些的，飛起來會發出響聲，很有點像響尾蛇甩響了尾巴似的，刺耳得很，翅膀的色彩都很鮮艷，有一色鮮紅的，有黃底黑條的，但是這種蟲子翅膀著水就糊，做魚餌嫌太爛，而「茶色中個兒」卻肉質肥，汁水足，又結實，儘管各位也許永遠也不會跟這種玩意兒打交道，不過假如可以冒昧推薦一下的話，我倒覺得這是非常值得向各位推薦的。只是有一點我還應該著重說一下，就是對付這種蟲子，你要是憑空用手去捉，或者拿個網拍去撲，那是捉上一輩子也不夠你做一天魚餌的。那種捉法簡直是胡鬧，是白白的浪費時間。我再說一遍，各位，那種捉法是絕對行不通的。正確的辦法，是使用捕魚用的拉網，或者拿普通的蚊帳紗做一張網。假如我可以發表點意見的話（說不定有一天我真會提個建議呢），我認爲軍校裡上有關輕武器的課，應該把這個辦法也都教給每個青年軍官。兩個軍官把這樣長短的一張網子對角拉好，或者也可以一人拿一頭，躬著身子，一手捏住網的上端，一手捏住網的下端，就這樣迎著風快跑。蚱蜢順風飛來，一頭紮在網上，就都兜住了，逃不掉了。這樣不費多少工夫，就可以捕到好大一堆。所以依我說，每個軍官都應該隨身帶上一大塊蚊帳紗，需要時就可以做上這麼一隻捕蚱蜢的拉網。各位大概都聽懂我的意思了吧。有什麼問題嗎？如果對這一課還有什麼不明白的地方，請提出來，請儘管提出來。沒有問題嗎？那麼臨了我還想附帶講個意見。我要借用那位偉大的軍人兼紳士亨利．威爾遜爵士的一句話：各位，你們不做統治者，那就得被統治。讓我再說一遍。各位，有一句話我想請你們記住。希望你們走出本講堂的時候，都能牢牢記在心上。各位，你們不做統治者——那就得被統治。我的話講完了，各位。再見。」

他把那蒙著布罩的鋼盔脫下來，隨即又重新戴上，一彎腰從掩蔽壕的矮門裡走了出去。帕拉凡西尼跟著那兩個傳令兵，正從低窪的公路上遠遠的走來。陽光下熱極了，尼克把鋼盔脫了下來。

「這裡真應該弄個冷水設備，也好讓人家把這個用水沖沖，」他說。「我就到河裡去浸一浸吧。」他就舉步往堤岸上走去。

「尼古洛，」帕拉凡西尼喊道。「尼古洛，你到哪兒去呀？」

「其實去浸一浸也沒多大意思，」尼克捧著鋼盔，又從堤岸上走了下來。「反正戴著這麼重的鋼盔總是討厭。難道你們的鋼盔就從來不脫？」

「從來不脫，」帕拉說。「我戴得都快變成禿頂啦。快進去吧。」

一到裡面，帕拉就讓他坐下。

「你也知道，這玩意兒根本屁用也沒有，」尼克說。「我記得我們剛拿到手的時候，戴在頭上倒也膽子一壯，可是後來腦漿四溢的場面也見得多了。」

「尼古洛，」帕拉說，「我看你應該回去。依我看你要是沒有什麼慰勞品的話，到前線來反而不好。而這裡你也幹不了什麼事。就算你有些東西可以發發吧，你要是到前邊去走一走，弟兄們勢必都要擁到一塊兒，那不招來炮彈才怪呢。這可不行。」

「我也知道這都是胡鬧，」尼克說。「這本來也不是我的主意。我聽說我們的部隊在這兒，就想乘機來看看你，看看我的一些老相識。不然的話我也就到岑松或者聖唐納去了。我真想再到聖唐納去看看那座橋呢。」

「我不能讓你毫無意義的在這裡東走西走。」帕拉凡西尼上尉說。

「好吧。」尼克說。他覺得那股氣又上來了。

「你能諒解我吧。」

「當然。」尼克說。他極力想把氣按下去。

「這一類的行動是應當在晚上進行的。」

「是啊。」尼克說。他覺得他已經快按捺不住了。

「你瞧，我現在是這裡的營長了。」帕拉說。

「這又有什麼不該的呢？」尼克說。這一下可全爆發了。「你不是能讀書、會寫字嗎？」

「是的。」帕拉的口氣倒還溫和。

「可惜你手下的這個營人員少得也真可憐。等將來一旦兵員補足了，他們還會叫你回去當你的連長。他們為什麼不把那些屍體埋一埋呢？我剛才算是領教過了。我實在不想再看了。他們不趕快埋，那是他們的事，跟我本來沒什麼相干，不過早些埋掉對你們可有好處。再這樣下去你們都要受不了的。」

「你把自行車停在哪兒啦？」

「在最末尾的那幢房子裡。」

「你看停在那兒妥當嗎？」

「不要緊，」尼克說。「我一會兒就去。」

「你還是躺一會兒吧，尼古洛。」

「好吧。」

他闔上了眼。出現在他眼前的，並不是那個大鬍子端起步槍瞄準了他，沉住了氣，一扣槍機，一道白光，恍惚一個悶棍打在身上，兩膝一軟跪了下去，一股又熱又甜的東西頓時堵住在喉嚨口，嗆得他都噴在石頭上，身旁湧過千軍萬馬——不，出現在他眼前的是一所黃牆長屋，旁邊有一間矮馬棚，屋前的河闊得異常，也平靜得異常。「天哪，」他說，「我還是走吧。」

他站起身來。

「我要走了，帕拉，」他說。「現在天還不晚，我還是早些騎車回去。回去看要是有什麼慰勞品到了，今兒晚上我就給你們送來。要是還沒有，等哪天有了東西，天黑以後我就送來。」

「這會兒還熱得很呢，你騎車不行吧。」帕拉凡西尼上尉說。

「你用不著擔心，」尼克說。「我這一陣子已經好多了。剛才是有點不對勁，不過並不厲害，現在就是發作起來也比以前輕多了。一發作我自己心裡就有數，只要看說話一嚕嗦，那就是毛病來了。」

「我派個傳令兵送你。」

「不用了吧，我認識路的。」

「那麼你就快些再過來，好吧？」

「一定。」

「我還是派——」

「別派了，」尼克說。「算是表示對我的信任吧。」

「好吧，那就回頭見了。」

「回頭再見，」尼克說。他回身順著低窪的公路往他放自行車的方向走去。下午只要過了運河，公路上就是一派濃蔭。在那一帶，兩邊樹木一點也沒有受到炮火的破壞。也就是在那一段路上，記得他們有一次行軍路過，正好遇上第三薩伏依騎兵團，舉著長矛，踏雪奔馳而過。在凜冽的空氣裡，戰馬噴出的鼻息宛如一縷縷白煙。不，不是在那兒遇到的吧。那麼是在哪兒遇到的呢？

「還是趕快去找我那輛鬼車子吧，」尼克自言自語地說。「可別迷了路，到不了福爾納奇了。」

孬種的母親

當他父親死時，他還是個孩子，他的經理爲他購置墓地永久安葬他。那就是說，他可以永久擁有那塊墓地。但是，當他的母親死時，他的經理認爲他們之間的感情已經淡了；他們還是情人，當然，但他是個孬種，那樣的事是不足爲外人道的。因此，他只爲她付了土葬五年的錢。

後來，當他從西班牙回到墨西哥時，他第一次接到通知，通知上說，這是因爲五年土葬期滿而給他的第一次通告，他必須爲他的母親安排繼續保有那塊墓地的事。通知上並說，永久安葬的費用只要二十元美金。那時我有一個裝現金的盒子，於是我說，帕柯，我來辦這件事吧。但他說不要，他自己會處理這件事。並說他馬上就會去把這件事處理好。那是他的母親，他要親自來辦理這件事。

一個星期後，他又接到了第二次通知。我讀給他聽，我說，我以爲這件事已經辦好了。

他說，不，他還沒有去把這件事辦好。

「我來辦吧，」我說。「盒子裡的現金夠辦這件事了。」

「不，」他說。沒有人能告訴他該怎麼辦，事已至此，他一定會自己去辦好的。「不到必須花錢的時候就花錢，有何意義？」

「好吧，」我說。「那就看你去把事情料理妥當啦。」這次他簽了個合同，除了鬥牛士應有的正常收益之外，他還簽了六次鬥牛合同，每次可收入四千披索。換句話說，他在那裡僅是合約金就淨收了一萬五千美元。然而他卻仍是手頭很緊，事實就是那樣。

隔了一個星期又來了第三次通知，我又讀給他聽。通知上說，如果他下星期六不付錢的話，他們就要打開他母親的墓穴而使遺骸曝於荒野。當他到鎭上去時，他說，他馬上就要去料理這件事。

「你不要管我，」他說。「這是我的事，我馬上去辦。」

「好吧，既然你有這樣的想法，」我說。「那麼你就去辦你自己的事吧。」

雖然他身邊經常帶著百餘披索的現金，他仍是從我的現金盒子裡把錢取了出來。他說，我要去辦這件事。他帶著錢走出去，當然我認爲他是辦那件事。

一個星期後，他們的通知單上說，因爲沒有人理睬他們最後的警告，於是他母親的骸骨已被挖出，暴露在外。

「天哪，」我對他說。「你說過你要去付錢，你從現金盒子裡把錢拿走了，說是要去辦這件事，而現在，你母親怎會遭到這樣的下場？天哪！你想想看。暴露骸骨在外。那是你自己的母親呀，你爲什麼不讓我爲你料理這件事情呢？那第一次通知來時，我就可以把錢送過去。」

「那不是你的事，那是我的母親。」

「那不是我的事，不錯，但那是你的事呀，一個人讓自己母親變成那個樣子，那還算是血性男子？你不配有個母親。」

「她是我的母親，」他說。「現在她跟我更親近了。現在我不必爲想到她埋葬在某一處地方而感到悲傷。現在，她就在我附近的空氣中，就像鳥兒與花朵一樣。現在，她永遠與我同在。」

「基督呀！」我說。「你是什麼樣的人哪？我甚至連話都不想跟你說。」

「她就在我身旁，」他說。「現在我可以永遠不再悲傷。」

那時他把所有得來的錢都花在各式各樣的女人身上，似乎想要證明他是個男子漢。這個愚蠢的傢伙，其實他周圍的人對他的想法毫無改變。他欠我六百多披索的錢，他無法還給我。「你爲什麼現在要這筆錢？」他說。「難道你不相信我？難道我們不是朋友？」

「那不是朋友或信任與否的問題。那是因爲你不在的時候，我要用我自己的錢付我自己的帳單，現在我需要你把錢還給我，你該認帳還我錢。」

「我現在手頭還沒有。」

「你有，」我說。「那現金盒子裡就有，現在你還給我。」

「那些錢我還有別的用處，」他說。「你完全不懂我需要錢的事。」

「你在西班牙期間我都待在這裡，你說由我付帳，屋子裡所有這些東西都是我付的錢，當你離開時，你沒有拿錢出來，我自己掏腰包付了六百披索，現在我需要這筆錢，你應該還給我。」

「很快我就會給你的，」他說。「目前我急需這些錢。」

「做什麼用？」

「那是我自己的事。」

「你爲什麼不爲我付一些帳？」

「我不能，」他說。「我太需要那些錢。我將來會還給你的。」

他在西班牙只鬥了兩場牛，他們無法忍受，很快就看穿了他。他有七套新的行頭，他就是這樣一個貨色。他那些衣服沒有包裝妥善，因此其中有四套在回程途中被海水浸壞了。那些衣服他甚至連穿都沒有穿過

「天哪！」我對他說。「你在西班牙那邊待了一整季，只出場過兩次。你把你所帶的錢都花在買衣服上，然後讓海水泡壞，根本不能穿了。那是你在鬥牛季的行徑，然後你又說你要料理自己的事。你爲什麼不把錢還給我，讓我離開呢？」

「我需要你在這裡，」他說。「我會還你錢，但是我現在非常需要那些錢。」

「你本來急需要錢，是爲安葬你的母親，是嗎？」我說。

「我母親墓地的事我覺得很愉快，」他說。「那是你不能瞭解的。」

「謝天謝地我不瞭解，」我說。「你還我你所欠我的錢，否則我就從現金盒裡取走那些錢。」

「我會自己保管現金盒，」他說。

「不行，你不可以，」我說。

那個下午他帶來一個無聊的傢伙，是他家鄉來的一個落魄者，他說：「這是一個需要錢

回家的人，他的母親病得很厲害。」你知道，這個人只是一個無聊的遊民，他以前從未見過的無名之輩，只不過是從他家鄉來的而已，他顯然想在同鄉面前表現一下他是個偉大而慷慨的鬥牛士。

「從現金盒裡給他五十披索吧。」他對我說。

「你剛跟我說你沒有錢還給我，」我說。「而現在你又要給這個不相干的人五十披索。」

「這是同鄉呀，」他說。「他正處於不幸。」

「你這個混蛋，」我說。我把現金盒的鑰匙交給了他。「你自己拿吧，我進城去了。」

「不要生氣嘛，」他說。「我給你錢就是了。」

我要開車進城去。那是他的車，他知道我駕車比他安全可靠。不管什麼他能做的，我都比他做得好，對此他心知肚明。他甚至不會閱讀，也不會寫字。我到城裡是去找個人，看看有什麼辦法叫他還錢給我。他出來對我說：「我跟你一起去，我會還你錢。我們是好朋友，用不著吵架嘛。」

我們駕車進了城，由我開車。就在入城之前，他掏出二十披索。

「錢都在這裡，」他說。

「你這個沒娘的混蛋，」我對他說。並告訴他那點錢有個屁用。「你給那個無聊的傢伙五十披索，而你欠我六百披索卻只給我二十披索，我不要拿你一毛錢。你這傢伙該知道那一點點錢能作什麼用。」

我走出汽車時口袋裡身無分文，我不知道那個晚上該到何處去投宿。後來，我從他住的地方拿出我所有的行李，跟一位朋友走了。以後那一年裡，我沒有再跟他講過話。直到今年我再碰見他，是在馬德里的格蘭維亞區往卡洛電影院的途中，那個晚上他與三位朋友在散步，他向我伸出一隻手來要跟我握手。

「嗨，羅吉老友，」他對我說。「你好嗎?聽說你信口開河說我的壞話。」

「我只是說你從來沒有母親，」我對他說。在西班牙，這是你侮辱一個人最厲害的話。

「那倒是真的，」他說。「當我很小的時候，我那可憐母親就死了，這樣似乎使我覺得我好像從來就沒有過母親，這是件很悲哀的事。」

一個孬種在你面前，你說什麼都無法觸動他。沒有任何事可以使他有所感應。這種人只花錢在自己身上，或爲虛榮而花錢，但是總不肯付帳，卻叫別人去墊錢。我當著他的三位朋友的面，一五一十地對他說出在馬德里的格蘭維亞區時我對他的惡感是什麼;他卻對我說，我們碰了面仍是朋友嘛。究竟是什麼血統，使他變成這麼樣的一個人?

一位讀者的函簡

她坐在臥室的桌前，前面放著一份摺疊的報紙，她停下來望望窗外正在下著雪，落在屋頂上的雪正在溶化。她很沉著的寫著這封信，沒有刪改，也沒有重寫。

親愛的醫師：

我有重要的疑難請教，容我寫這封信給您——我要下定決定，卻不敢問我的父母，又不知誰是我最能信任的人——因此我求教於您——因為雖然我不想來看您，我卻仍然信任您。事情是這樣的，一九二九年我嫁給在美軍服役的一位軍人，同年他被派到中國的上海。他在那邊待了三年，幾個月前退伍還鄉。他回到阿肯薩斯希倫納他母親的家中，他寫信要我回家，我去了，發現他正在打針，當然我問了，才知道他是在治療疾病，但是那種病名我不知道怎樣寫，聽起來像是sifilus——你懂得我的意思——現在請您告訴我，如果我再跟他生活在一起，這種病對我是否安全。自從他由中國回來，我一直都不敢太接近他。他向我保證說，經過這位醫生的治療後他會完全康復。你認為可能嗎？我常聽我的父親說，一個人如果感染了那種病，便寧願死去。我相信我的父親，但是更希望能相信我的丈夫。千萬教我如何做。我有一個女兒，是她的父親在中國時生下來的。

謝謝您，我完全信任您的教益。

某某（她的簽字）

也許他能告訴我正確的處理方法，她這樣自言自語道。也許他能告訴我。從報紙上的照片看起來，他好像知道該怎樣做。他看起來很聰明機智，那應該沒有錯。每天他都教人怎麼做，他應該知道的。只要是正確的方法，我都要一試。然而太久了，太久了，已經太久了。我的天！已經太久了。他必須到他們派他去的地方去，我明白，但是我不知道他爲什麼一定要患那種病呢？天哪！但願他沒有患那種病。我不在乎他患了那種病，但是我願他沒有患上那種病。事情似乎是他沒有患上那種病的必要。我不知道該怎麼辦，我向基督祈禱，願他什麼惡疾也沒有感染上，我不知道他爲什麼一定要被派去感染這樣的惡疾。

一九三三年二月六日
於維吉尼亞州羅諾克

向瑞士致敬

第一部

曼楚格斯的惠勒先生畫像

在車站餐館裡，既溫暖又明亮。木桌擦得發亮，桌上油紙袋裡有成籠的椒鹽捲餅。椅子有鏤刻雕飾，木坐板雖然有些磨損，坐上去卻非常舒適。牆上有一隻雕花木鐘，室內盡頭有一個吧台。窗外下著雪。

在鐘座下的那張桌子前，坐著兩個在車站挑行李的挑伕，他們喝著新出爐的酒。另外一個挑伕進來，說從辛普隆來的東方特快車在聖摩里斯誤點了一個鐘頭。說完他走了出去。一位女服務生走到惠勒先生的桌前。

「先生，特快車誤點一個小時，」她說。「我給你端咖啡來，好嗎？」

「你們的咖啡不會使我睡不著覺吧。」

「請嚐嚐吧？」女侍應請求說。

「就來杯咖啡，」惠勒先生說。

「謝謝你。」

她從廚房端來咖啡，惠勒先生望著窗外，在月台的燈光下可以看見正在下著的雪花。

「除了英語，你還會講別的語言嗎？」他問那位女服務生。

「啊，是的，先生。我會講德語、法語以及幾種方言。」

「你要喝點什麼嗎？」

「啊，不，先生。餐館裡不許與客人一起喝酒。」

「你來支香菸嗎？」

「啊，不，先生。我不會抽菸，先生。」

「很好，」惠勒先生說。他又望著窗外，喝著咖啡，點燃一支香菸。

「小姐，」他叫道。那位女服務生過來了。

「先生，你要什麼？」

「你，」他說。

「你不可這樣跟我開玩笑。」

「我不是開玩笑。」

「那麼，你就別講那樣的話。」

「我沒有時間爭辯，」惠勒先生說。「四十分鐘後火車就要進站了，如果你願意跟我上樓去，我給你一百法郎。」

「先生，你不可以講這種事，我找挑伕來跟你說。」

「我不需要挑伕，」惠勒先生說。「不要員警，也不要賣香菸的小孩。我要你。」

「如果你再那樣說話，請你出去。你不可以在這裡講那樣的話。」

「那麼，爲什麼你不走開呢？你走開了，我就無法跟你說話啦。」

女服務生走開了。惠勒先生注意她是否去跟挑伕講話。她沒有。

「小姐，」他叫道，女服務生過來了。「請給我帶一瓶西昂牌的酒來。」

「是的，先生。」

惠勒先生望著她出去，帶著那種酒進來，把酒放在他的桌子上。他向座鐘望去。

「我給你兩百法郎，」他說。

「請不要講那樣的事嘛。」

「兩百法郎是個大數目。」

「你不要講那種事嘛，」那位女服務生說。她的英語說得走了調。惠勒先生很感興趣地望著她。

「兩百法郎。」

「你太可惡了。」

「那麼，你爲什麼不走開呢？如果你走開，我就無法跟你講話了。」

女服務生離開桌子，走到吧台那邊去。惠勒先生喝著酒，有時在那裡暗自發笑。

「小姐，」他叫道。女服務生這次假裝沒有聽見。「小姐，」他又叫道。女服務生過來了。

「你想要什麼？」

「我很想要你。我給你三百法郎。」

「你真可惡。」

「三百瑞士法郎。」

她走開了。惠勒先生望著她的背影。一個挑伕開門進來，他提著惠助先生的行李袋。

「先生，火車來了，」他用法語說。惠勒先生站起來。

「小姐，」他叫道。女服務生朝桌子走過來。「酒錢多少？」

「七法郎。」

惠勒先生數了八個法郎放在桌子上。他穿上外衣，跟著挑伕步入月台，月台上正下著雪。

「再見，小姐，」他說。女服務生望著他走。他很醜陋，她想，他很醜陋而且討厭。三百法郎幹一件無所謂的事。我幹那種事多少次都是無所謂的，然而這裡沒有幹那件事的地方。如果他清醒的話，他該知道這裡不是地方，時候不對，地方也不對。三百法郎幹那件事。那些美國人究竟是何許人也？

他在月台上站在他的行李袋旁，望著南面鐵軌上的火車車頭燈光，火車在雪花中駛過來，惠勒先生心想，那是非常便宜的消遣。實際上，除了晚餐以外，他只花了七法郎的酒錢、一法郎的小費。如果小費是七十五生丁（一法郎等於一百生丁）就更好了。如果小費是七十五生丁，他現在會覺得更舒服些。而一個瑞士法郎等於五個法郎。惠勒先生往巴黎去了。他對金錢是很計較的。而對女人卻無所謂。他其實以前到過那個車站，知道那裡並無樓上可去。惠勒先生是從來都不會冒險的。

第二部

詹森先生在維斐的談話

車站餐館裡溫暖又明亮，桌子擦拭得發亮，有些桌子上有紅白條紋的桌布，另一些桌子上是藍白條紋的桌布，但所有的桌子上都放著油紙袋，油紙袋裡是成籠的椒鹽捲餅。椅子都是雕花的，坐板已經有些磨舊，但坐上去非常舒適。牆上有隻座鐘，餐館室內的盡頭有一個鋅板吧台。窗外正在下雪。兩個車站挑伕坐在座鐘下的桌前，在飲新出爐的酒。

另一個挑伕進來，說從辛普隆開來的東方特快車在聖摩里斯慢了一個鐘頭。一位女服務生來到詹森先生的桌前。

「先生，快車慢了一個鐘頭，」她說。「我給你端咖啡來，好嗎？」

「如果不太麻煩的話。」

「請吩咐吧？」女服務生說。

「來一杯好了。」

「謝謝你。」

她從廚房端來咖啡，詹森先生望著窗外，在月台的燈光下可以看見正在飄落的雪花。

「除了英語，你還會講別的語言嗎？」他問那位女服務生。

「啊，是的，我會講德語、法語，以及幾種方言。」

「你也喝點酒吧？」

「啊，不，先生，在我們餐館裡我們不可以與客人一起喝酒。」

「抽支菸吧？」

「啊，不，先生，」她笑笑。「我不會抽菸，先生。」

「我也不會，」詹森說。「抽菸是個壞習慣。」

女服務生走開了，詹森點燃一支香菸，喝著咖啡。牆上的鐘差十五分十點。也的手錶快了一些。火車應該十點半進站，遲了一個鐘頭表示要十一點半才能到。詹森呼叫那位女服務生。

「小姐，」

「先生，你要什麼？」

「你願意跟我玩嗎？」詹森說。女服務生臉紅了。

「先生，不要。」

「我的意思並非強迫式的。你不喜歡參加舞會看看維斐的夜生活嗎？如果你高興的話，帶個女性朋友來。」

「我必須工作，」女服務生說。「我在這裡有工作。」

「我知道，」詹森說。「但是你不能找個代替的人嗎？在內戰時期他們常常那樣做。」

「噢，不可以，先生。我必須親自在這裡。」

「你在哪裡學的英語？」

「在布里茲大學，先生。」

「告訴我那個學校的事情，」詹森說。「布里茲的大學生是不是很狂野？他們摟摟抱抱的親熱情形怎樣？有許多也是溫文有禮的，是嗎？你也愛費玆傑羅筆下的那種爵士情調嗎？」

「別那麼說好嗎？」

「我的意思是說，你的大學生活那些日子最快樂？去年秋天布里玆有什麼社團活動？」

「你在說笑，先生？」

「只那麼一點兒，」詹森說。「你是個好女孩。你不想跟我玩？」

「哦，不要，先生，」女服務生說。「你想要點什麼？」

「是的，」詹森說。「請把酒類的價目表給我看。」

「好的，先生。」

詹森帶著酒類價目表到三個挑伕坐的那張桌子前去。他們仰望著他。他們都是老年人。

「諸位喝酒嗎？」他問。他們其中一個點頭笑笑。

「是的，先生。」

「你會講法語？」

「是的，先生。」

「我們喝什麼酒？柯尼牌香檳酒？」

「不，先生。」

「不要客氣，」詹森說。「小姐，」他叫那位女服務生。「我們要喝香檳酒。」

「你比較喜歡哪一種香檳酒，先生？」

「最好的，」詹森說。「拉奎爾牌是最好的嗎？」他問那三位挑伕。

「是梅柳牌吧？」第一個講話的挑伕說。

「絕對是。」

那位挑伕從他的外衣口袋裡拿出兩隻金邊玻璃杯，他的手指指著四個打上去的名稱和價目。

「運動員牌的，」他說。「運動員牌的最好。」

「你們都同意。閣下？」詹森問其他的兩個挑伕。有一個點頭，另外一個用法語說，「我並不知道，但我常聽別人說運動員牌最好。那是不錯的。」

「來一瓶運動員牌的，」詹森對那位女服務生說。他看看酒上卡片的價錢：十一瑞士法郎。「你介意我跟你們在一起嗎？」他問那個建議喝運動員牌香檳的挑伕說。

「請坐，請隨意坐呀，」那個挑伕對他笑著說。他摺起眼鏡，放入眼鏡盒裡。「是這位先生生日嗎？」

「不，」詹森說。「不是什麼慶祝宴會，而是我的妻子決定與我離婚。」

「是這樣呀，」那位挑伕說。「但願不是這樣。」另一個挑伕搖著頭。第三個挑伕似乎有點耳聾。

「無疑的，這是很普通的經驗，」詹森說。「就像第一次去看牙科醫生一樣，或是像第一次碰到個不太好的女孩子一樣，但是我還是有點不安。」

「這是可以理解的，」年紀最大的那位挑伕說。「我瞭解這件事。」

「你們之中沒有誰離過婚吧？」詹森問。他不再在言語上逗趣，他現在講很漂亮的法語，過去他有時候也講這樣漂亮的法語。

「不，」那個建議叫運動員牌香檳的挑伕說。「這裡的男士離婚的少。當然這裡的男士也有離婚的，但是不多。」

「就我們的情形來看，」詹森說。「那就不同了。實際上，幾乎每個人都離婚。」

「那倒是真的，」那個挑伕肯定地說。「我在報紙上讀過這樣的說法。」

「我自己倒是多少有些延誤了，」詹森繼續說。「這是我第一次離婚，而我已三十五歲了。」

「你還年輕嘛，」那個挑伕說。他向另外兩個挑伕解釋說，「他還不到三十五歲的樣子嘛。」另外兩個挑伕點點頭。其中一個說，「他非常年輕。」

「你真的是第一次離婚嗎？」那個挑伕問道。

「絕對是，」詹森說。「小姐，請爲我們開酒。」

「離婚要費很多錢吧？」

「一萬法郎。」

「瑞士法朗？」

「不，法國法朗。」

「哦，是的，兩千瑞士法郎。同樣不便宜嘛。」

「不算便宜。」

「爲什麼要做這種事呢？」

「對方要離呀。」

「爲什麼呢？」

「因爲要跟別人結婚呀。」

「這真是白癡。」

「我同意你的說法，」詹森說。女服務生在四隻玻璃杯中斟酒。他們都把杯子舉起來。

「乾杯，恭祝大家健康，」詹森說。

「先生，祝你健康，」那個挑伕說。另外兩個挑伕說。「向你致敬，乾杯。」香檳酒嚐起來有如甜美的粉紅西打。

「在瑞士用不同語言交談已成爲習慣了嗎？」詹森問道。

「不，」那個挑伕說。「法語比較文雅，此外就是本地瑞士語了。」

「但是你講德語？」

「是的，因爲我出生的地方都講德語。」

「我明白了，」詹森說。「你說你從來沒有離過婚？」

「沒有，離婚這種事太花錢了。何況，我根本就還沒結婚。」

「哦，」詹森說。「這兩位先生呢？」

「他們結過婚了。」

「你滿意你的婚姻嗎？」詹森問其中的一個。

「什麼？」

「你滿意你的婚姻現況嗎？」

「是的，還算正常。」

「不錯，」詹森說。「老兄，你呢？」

「還好，你呢？」另一個挑伕說。

「我嘛，」詹森說。「不太好。」

「所以你要離婚嘛，」第一個挑伕說。

「啊，真的，」那個挑伕說。

「哦，我們談點別的吧。」

「請講。」

「我們談什麼呢？」

「你做運動嗎？」

「不，」詹森說。「不過，我太太喜歡運動。」

「你作何消遣呢？」

「我是個作家。」

「作家很賺錢嗎？」

「不，但是出名之後就很賺錢。」

「很有趣。」

「不，」詹森說。「做作家並不很有趣。老兄，很抱歉，我要與你們分手了。你們再來一瓶吧？」

「但是火車要四十五分才來呀。」

「我知道，」詹森說。女服務生過來，他付了酒錢和他的晚餐費。

「先生，你要走了？」她問。

「是的，」詹森。「我還要散步一會兒。我把行李留在這裡。」

他披上圍巾，穿上外衣，戴上帽子。外邊雪下得很大。他從窗子回望，看見那三個挑伕坐在桌前。女服務生從打開的最後一瓶酒爲他們斟酒。詹森想，他們大概每杯要花三法郎。他轉身走到月台上去。在餐館裡他曾想到談論那件事真是魯莽；但其實並不魯莽，只是使他覺得有些作嘔。

第三部

紅色和黑色的笑聲

特里特的車站餐館裡暖和得有些過份；燈光明亮，桌布擦拭得閃閃發光。桌子上的油紙袋裡有成籠的椒鹽捲餅，啤酒杯放在厚紙板的墊子上，以免玻璃杯上的水氣印在桌子上產生一圈圈的印子。椅子是鏤刻飾紋的，雖然木坐板上已經有些磨損，坐上去卻非常舒適。牆上有一隻座鐘，室內盡頭有一個吧台，窗外正下著雪。座鐘下的桌位上有一個老人在喝咖啡和閱讀晚報。一個挑伕進來說，從辛普隆開來的東方特快車在聖摩里斯誤點了一個小時。一位女服務生走到赫利斯先生的桌前。赫利斯先生剛用完他的晚餐。

「先生，特快車誤點一個小時。我爲你端杯咖啡來，好嗎？」

「那麻煩你了。」

「請吩咐，」女服務生說。

「好吧，就來杯咖啡，」赫利斯先生說。

「謝謝你，先生，」女服務生說。

她從廚房端來咖啡．赫利斯先生在咖啡裡加了糖，用湯匙攪糖塊，望著窗外月台燈光下的雪花。

「除了英語，你還會講別的語言嗎？」他問那位女服務生。

「啊，是的，先生。我會講德語、法語，以及幾種方言。」

「你最喜歡哪一種？」

「都一樣喜歡，先生。我說不上比較喜歡哪種。」

「你也喝點酒或咖啡，好嗎？」

「噢，不，先生。在我們餐館裡是不允許與客人一起飲酒的。」

「你不抽支菸嗎？」

「啊，我不會，先生，」她笑笑說。「我不會抽菸，先生。」

「我也不會，」赫利斯先生說。「我不喜歡大衛・貝拉斯柯。」

「請問他是誰啊？」

「貝拉斯柯，大衛・貝拉斯柯。你應該隨時認得出他的，因爲他的領子是向後翻的。現在他已經死了。」

「先生，請原諒我，我要走開一下，」女服務生說。

「請便，」赫利斯先生說。他坐在椅子上身子向前傾，眼望著窗外。對面那個老人把報紙摺起來了。他望著赫利斯先生，然後拿起他的咖啡和香腸，走向赫利斯的桌位這邊來。

「請原諒我打擾你，」他用英語說。「我剛想起你可能是國家地理學會的會員。」

「請坐，」赫利斯先生說。那位先生坐了下來。

「你是再來一杯咖啡呢，還是來一杯酒？」

「謝了，」那位先生說。

「你跟我同飲櫻桃酒好嗎？」

「可以是可以。不過應由我請你。」

「不，是我提議，我堅持由我請客。」赫利斯叫女服務生過來。那位老人從他的外衣口袋掏出一個皮夾。他鬆開寬橡皮帶子，取出幾份文件，選了一份交給赫利斯。

「這是我的會員證，」他說。「你認得美國的弗列德力克・洛賽爾嗎？」

「我恐怕不認得。」

「我相信他是個很出色的人。」

「你知道他出生何處？美國的哪一個州？」

「當然是華盛頓，那個學會的總部不是設在那裡嗎？」

「我想是吧。」

「你想是的，你不能確定嗎？」

「我已經離開那裡很久了，」赫利斯說。

「那麼，你不是那個學會的會員囉？」

「不是，但我的父親是。有好幾年他是那個學會的會員。」

「那麼，他應該知道弗列德力克・洛賽爾這個人，他是這個學會的執行委員之一。你知道我的會員資格就是由洛賽爾先生提名支持的。」

「我很高興聽到這個消息。」

「我很抱歉你不是會員。但是，你可以由你的父親提名呀？」

「我想可以吧，」赫利斯說。「我回去後要辦這件事。」

「我也建議你要辦，」那位先生說。「你當然會看那本雜誌？」

「當然是。」

「你有沒有看那一期北美動物誌的彩色圖片？」

「是的，我在巴黎看到過。」

「那一期還有阿拉斯加火山的全景。」

「那真是奇景。」

「我也很欣賞喬治・希拉斯三世拍的野生動物照片。」

「那實在太美了。」

「請再說一遍，好嗎？」

「那些照片太優美了，希拉斯那傢伙——」

「你稱他那傢伙？」

「我們是老朋友了，」赫利斯說。

「我明白了，你認得喬治・希拉斯三世，他一定是個很風趣的人。」

「正是，他是我所認得的人中最風趣的了。」

「你也認得希拉斯二世嗎？他也是一個風趣的人嗎？」

「噢，他沒有那麼風趣。」

「我總認為他也是非常風趣的。」

「不瞞你說，說來可笑。我也經常感到納悶，他爲什麼不太風趣。」

「嗯，」那位先生說。「我總認爲他那一家子人都應該是很風趣的。」

「你還記得撒哈拉沙漠的全景嗎？」赫利斯問。

「撒哈拉沙漠？那是將近十五年前的一期啦。」

「正是，那是我父親最喜愛的一期。」

「他不喜歡較近的幾期嗎？」

「他大概喜歡吧。但是，他最喜歡的是撒哈拉沙漠的全景。」

「太完美了，但是對我來說它的藝術價值超過它的科學價值。」

「我不知道，」赫利斯說。「風吹過整個沙漠，牽著駱駝的阿拉伯人面向麥加而跪。」

「我記得，阿拉伯人牽著駱駝站在那兒。」

「你說得對，」赫利斯說。「我在想『阿拉伯的勞倫斯』那本書。」

「勞倫斯那本書是一本探討阿拉伯問題的書，我想。」

「當然，」赫利斯說。「談到阿拉伯，使我想起那本書。」

「勞倫斯一定是很有趣的年輕人。」

「我想他是的。」

「你知道他現在在做什麼？」

「他現在在英國皇家空軍。」

「他爲什麼要當軍人？」

「他喜歡那樣。」

「你知道他是否爲國家地理學會的會員？」

「我懷疑他是。」

「他可以做個很好的會員。他是該學會所需要的會員人選。如果你認爲他們歡迎他，我倒高興爲他提名入會。」

「我想他們會歡迎他的。」

「我曾經提名推崇過一位生長在維斐地方的科學家和洛桑尼地方的一位同事，他們兩個都被接納入會了。我相信如果我推薦勞倫斯上校，他們一定會很高興。」

「這是個很美好的想法，」赫利斯說。「你常來這家餐館嗎？」

「晚餐後我常來這裡喝咖啡。」

「你是在大學裡嗎？」

「我不再參加什麼活動了。」

「我只是在這裡等火車，」赫利斯說。「我上巴黎去，將從哈維赫坐船去美國。」

「我從來沒有到過美國，但是我很想去。也許哪天我會到那裡去出席學會的一個會議，屆時我極希望會見令尊。」

「我敢說他也一定很高興看見你，但是他去年已經逝世了。是用槍自殺的，非常奇怪。」

「我非常難過，我敢說他的死使你們家震驚也使科學界為之震驚。」

「科學界實在非常震驚。」

「這是我的名片，」赫利斯說。「他的名字簡寫是E・J・而不是E・D・，我知道他曾經很想認識你。」

「那該是我極大的榮幸。」那位先生也從皮夾裡拿出一張名片交給赫利斯。名片上寫道：

西古斯曼・威爾哲學博士
國家地理學會會員
美國華盛頓首部區

「我會很仔細地珍藏你的名片，」赫利斯說。

等了一天

我們還沒起床，他就走進屋來關上了窗子，我看見他的氣色很差。他在發抖，臉色蒼白，他走得很慢，好像連走一步都在隱隱作痛似的。

「怎麼啦，蕭茲？」

「我頭痛。」

「你最好回去睡覺。」

「不。我睡過了。」

「睡覺去吧。我穿好衣服就來看你。」

但當我下樓時，他卻穿著衣服坐在爐火旁，看樣子病得很嚴重，可憐的孩子才九歲。我把手放在他額頭上，才知道他在發燒。

「上樓睡去吧，」我說，「你病了。」

「我還好。」他說。

醫生來了，他給孩子量了體溫。

「多少？」我問他。

「一百零二度。」

下了樓，醫生留了三種不同顏色的膠囊藥，並說明了用法。一種是退燒的，另一種是瀉藥，第三種是防治體內酸性過多的。他解釋說，流行性感冒的病菌必須在酸性的條件下才能生存。他似乎瞭解各種流行性感冒，說體溫不超過華氏一百零四度，就沒有什麼可擔心的。

這只是輕度流行性感冒，只要避免肺炎，就沒有任何危險。回到屋裡，我寫下孩子的體溫，把吃不同藥物的時間記下來。

「你想讓我給你唸點什麼故事書來聽嗎？」

「好的，如果你願意的話，」孩子說。他的臉色十分蒼白，眼圈下發黑。他仍躺在床上，似乎心不在焉。

我朗讀起霍華德．派爾的《海盜之書》來；但我看得出來，他並沒在聽我讀。

「你感覺怎麼樣，蕭茲？」我問他。

「到現在還是那樣。」他說。

我坐在床邊，一邊等著到時間給他吃另一種藥，一邊自己讀給自己聽，這樣他自然能夠睡著，但當我抬頭時，他卻看著床腳，表情十分奇怪。

「你為什麼不想睡覺呢？我會叫醒你吃藥的。」

「我想醒著躺一會兒。」

過了些時，他對我說：「你不必和我一起待在這兒，爸爸，如果這樣打擾了你的話。」

「不會打擾我的。」

「不，我是說如果這樣會打擾了你的話，你不必待在這兒。」

我以為或許他有點神志不清，十一點的時候，給他服下醫生開的藥，我出去了一會兒。

這是個晴朗而寒冷的日子，地上鋪滿了雨雪，彷彿所有的樹木、灌木叢、砍倒的樹枝和草地都結凍了，大地披上了銀裝。我帶著愛爾蘭小獵狗沿著結凍的小河一路走去，但在鏡子般光滑的路面上，站立或行走都很艱難。那條紅顏色的獵狗連滑帶溜地走著，我重重地摔倒兩次，還有一次把獵槍掉在地上，槍順著冰溜了開去。

我們驚飛了一群鵪鶉，牠們棲在一處高土壩上伸出的灌木叢中，當牠們飛離土壩頂上的時候，我打下了兩隻，牠們在樹叢中落了下來，但多數的鵪鶉飛進了灌木叢中。牠們要驚飛之前，定會在外面結了一層冰的小樹枝堆上蹦跳幾次。當你搖搖晃晃在冰上平衡時，牠們就飛出來，跳進很難用槍打著的灌木叢中。我打中了兩隻，驚跑了五隻。我愉快地開始返回，接近房子時又發現了一群，我很高興，剩下這麼多可以待我下次再來打。

在家裡，他們說孩子拒絕讓任何人進屋。

「你進不去，」他說。「你用不著像我一樣碰一鼻子灰啦。」

我來到他跟前，發現他一動沒動地還在原來的位置上。臉色蒼白，但因爲發燒，兩頰上泛著紅潮，依然像他開始時那樣看著床腳。我量了量他的體溫。

「多少？」

「一百度左右。」我說。體溫是一百零二度又十分之四。

「是一百零二度。」他說。

「誰說的？」

「醫生。」

「你的體溫正常，」我說。「不用擔心。」

「我不擔心，」他說，「但我免不了要想。」

「別想了，」我說。「不要緊張。」

「我不緊張。」他說著，望著前方。很明顯的，他在擔憂著什麼。

「用水服下這個。」

「你認為有用嗎？」

「當然有用。」

我坐下來，翻開那本《海盜》，開始朗讀起來，但我看得出，他並沒在聽，於是我停了下來。

「你認為我什麼時候要死呢？」他問。

「什麼？」

「我離死還有多久？」

「你不會死的。你怎麼啦？」

「噢，是的，我要死了。我聽見他說一百零二度了。」

「發燒一百零二度是不會死的，別蠢了。」

「我知道這是會死的。在法國學校裡，有同學告訴我，發燒到四十四度他就活不成了。我已經一百零二度了。」

原來自從早晨九點鐘以來，他一整天都在等死。

「可憐的蕭茲，」我說。「可憐的蕭茲，這就好比英里和公里，你不會死的。攝氏和華氏兩種體溫計不一樣。那種體溫計三十七度算正常。這種是九十八度。」

「真的？」

「絕對沒錯，」我說。「這就好比英里和公里。你知道嗎?就像我們車速七十英里是相當於多少公里那樣。」

「噢！」他說。

他那注視床腳的目光漸漸鬆弛了。終於，他自己輕鬆下來，第二天，他非常輕鬆，對完全不重要的一些小事情，他也起勁叫喊，顯得十分自在。

逝者通史

對我來說，作爲自然學家的觀察場域，戰爭似乎是可以避免的。我們有已故的哈遜所寫情文並茂的阿根廷巴塔戈尼亞花草譜與動物誌，有吉爾伯特·懷特那些寫得很有趣的、難得一見的戴勝鳥生態，還有史坦利主教爲我們寫的，頗有價值且又通俗的《鳥類通史》。於是，對於一些已經逝滅的動植物，我們已不再需要爲讀者提供某些理性化與趣味化的事實？我但願是那樣。

當那個毅力過人的旅行家蒙戈派克，在他某次旅程中昏倒在那廣闊的非洲荒漠裡，赤身露體，孤零零一個人，想到他的時日不多，而且似乎除了躺下等死以外已別無他事可做，就在這時，他卻看到了一朵絕美的小苔草花。他說：「那棵植物雖然只有我的一個手指頭大，但我真不能想像它的根、葉和經脈卻是那樣的精緻，使我不能不讚美它。那樣的植物生命是誰種植的，是誰澆的水？使它長得那麼完美，它成了這個世界最難瞭解而含混不明的一部份，卻是那麼微小的東西，看起來似乎無關於它的生存環境，卻是按它自己的形象，忍受著生物成長的痛苦而長成了這樣一個完美的生命，誰又能解答這個問題呢？當然無法解答。我一想起這些事物，就不容我再有絕望的念頭；我又毅然起程，不再顧及饑餓與疲乏，繼續我的旅程向前邁進；確信即將度過危難；我沒有一絲失望的感覺。」

史坦利主教以好奇與讚賞的態度說道，研究自然史的任何分枝，我們能不從生命的野性獲得我們每個人在人生的旅程中所需要的信心、愛和希望？因此，我們不妨看看可以從逝者那裡獲得何種靈性的啓示。

在戰爭中的死者大都爲男性，其他的動物並不是這樣，因爲我常見到馬群中有許多死馬是母馬。同樣的，在一次有趣的戰爭場面中，某位自然學家就有這麼一次機會觀察到騾子的死亡。在平常日子的觀察中，我二十年未曾見過一隻死騾子，於是我開始懷疑是否這種動物屬於不死的一類。在某些極爲罕見的情況下，我知道我寧可做頭死騾子，但是仔細觀察這些活著的動物，牠們那種完全靜處不動的本性，似乎跟死了的動物沒有什麼不同。但是，在戰爭中，騾子那種屈服氣餒的狀況，與那些較平庸而不能耐勞的馬兒是一個樣子的。

我所見過的死騾子，大部份都躺在沿山路一帶或斜坡底下，那是因爲牠們阻塞了道路而被推下去的。牠們似乎遍山都是，大家已習以爲常，司空見慣了，不認爲是什麼不調和的景象。在斯牟納地方，希臘軍方把那些爲他們載運行李的騾馬四肢打斷，推出碼頭，跌落到淺水灣裡，把牠們淹死。這些折腿斷足的騾子和馬匹淹死在淺水灣，爲的是叫西班牙畫家哥耶來把牠們畫下來嗎？事實上哥耶只有一個，並且早已死了，更令人懷疑的是那些動物既然已死，已無呼叫能力，又怎能要求畫下牠們的慘狀呢？如果牠們叫聲清晰的話，可能是呼叫某人來爲牠們減輕痛苦吧。

關於死者的性別，看見死者爲男人則習以爲常，不以爲怪，但是看到女性的屍體則會令人受到激烈的衝擊。有一次，在義大利米蘭附近的郊區，一家彈藥工廠發生了爆炸事件，這是我初次看到女性不平凡的慘死。我們駕卡車到災難現場，沿途兩邊有白楊樹，鄰近的戰壕裡有許多小動物的屍體，我看不太清楚，因爲卡車輾過路面揚起了一大團塵埃。到達彈藥工廠後，我們受命警戒那些因爲某種原因而尙未爆炸的彈藥保存庫，也警戒那些因彈藥落入附近田野草叢中爆炸而正在進行滅火的地區；完成部署後，我們奉命立即搜查附近，以及周圍有傷患及死者的田野。我們找到了許多屍體，把那些屍體抬到臨時停屍場去；我必須承認，令人驚訝的是這些死者都是女人，而不是男人。在那些日子裡，女人還沒有開始留短髮，留短髮是許多年之後才在歐洲與美國流行的，這件最令人困擾的事或許是因爲最不習慣，而現在更困擾的是只偶爾有幾個長髮。我記得經過我們徹底搜查之後，只搜到一些屍體殘骸。許多殘骸是從工廠附近的倒鉤粗鐵絲網上撿下來的。從這些殘骸可以看出這次爆炸威力相當巨大。我們所找到的殘骸，有些還是從遠處田野拾回來的，那是因肢體較重而被爆炸的力道拋出了更遠的距離。

在我們回到米蘭途中，我記得我們之中有一兩個人在談論這次事件，他們都認爲那情景眞實得如同假的，並且認爲沒有傷患在這次可怕事件中做出劫掠受難者的行爲，因而造成更大的可怖情景。事實上，死者都是當場死亡，不可能像一般戰地的情形那樣出現劫掠死者的難堪行爲。但是令人愉快的是，在驅車經過蘭巴鄉野時，雖然沿途塵埃飛揚，但因鄉野風景美麗，也算是給了這次不愉快的任務一種補償。在返回途中，我們交換戰場印象，都一致認爲這實在是幸運，爆炸的火勢在我們到達之前已經控制，而且是在爆炸之後立即控制，使得許多貯量較大的彈藥並未爆炸。我們也一致認爲撿拾殘骸是件非比尋常的事情，那就是說，人類的軀體未循解剖方法居然藉爆炸而分解那麼細緻。甚至比一枚炮彈爆炸的碎片還要細緻。

一位自然學家如果要作精密的觀察，他可以自己選出特定的時間去觀察。首先是一九一八年六月奧地利的一次攻擊，造成義大利境內死者最多。由於一次強制執行的撤退與一次收復失土的攻擊，使得那一帶戰地死者之多成爲史無前例。

在埋葬之前，那些屍體每天都在改變顏色。從顏色的改變來說，高加索人從白色變成了黃色，隨後變成了草黃色，再後就變成了黑色。如果時間再長些，焦炭色的心臟就會爆出體外，至於那些被爆裂的，看起來有如黑珍珠般光亮，看起來尤其怵目驚心。死者每天膨脹，直到後來把制服都脹得要爆炸開來。有些屍體的腰部脹大得無法想像，臉部緊繃得像隻氣球。令人驚訝的是，有許多紙張散落在膨脹的屍體周圍。無疑的，在埋掉之前，那些紙張的正確位置應該是在制服口袋的地方。奧國軍隊的馬褲制服口袋是在後面，死者喪命不久之後，全都成爲面朝下躺著的姿態，屁股上的兩個口袋翻出來，扯掉散拋在草叢中，那些紙張文件本來是裝在口袋中的，蒸發的熱氣和蒼蠅都可辨出草叢中屍體的位置，而我最難忘的印象是散落的大量紙片。在熱天戰場的氣味簡直不堪回想。你能想像得出那種氣味是你有生以來從不曾有過的，不像活人軍團的氣味，活人的氣味是當你擠公共汽車時可以立即感受得到的，和你對望的那個人立即傳給你一陣氣味。但是戰場的氣味，完全是另一回事，那像是當你在戀愛時，你記得發生過的事情，可是你記不起那種感覺。

大家會覺得奇怪，充滿毅力的旅行家蒙戈派克怎麼會在熱天看到了戰地而又能恢復自信。在六月底與七月的大熱天，常常可以見到一種叫罌粟的花，而這時的桑樹也是枝葉茂密，你可以看到炮管熱氣騰騰，太陽透過枝葉猛烈地照射著炮管；在糜爛性毒氣彈炮坑邊緣的泥土黃得發亮，還有已遭炮彈炸破的房屋。那是隨處可見的情景，而很少有旅行家會像蒙戈派克那樣，按他自己的構想對那些事物產生那樣的奇想，或在這戰地重重呼吸一口初夏的空氣。

你發現死者的第一件事，是看見他們被子彈或炮彈打中的慘狀，他們像動物那樣死去。你不能想像有些情況是像殺一隻兔子那樣輕輕一擊，很快就死亡了。有時某些像兔子那死於輕傷的，只是三四顆小子彈擦過皮膚，就失去了生命。有些則死得像貓兒；頭骨打破，破片或子彈射入腦髓，他們像貓兒那樣活著躺了兩天，腦袋裡帶著子彈爬入爆炸過的、焦炭般的彈坑裡，直等有人切下他的頭他才死去。可能把頭切下來的貓兒還不會死，他們說貓有九條命，我不知道那是不是真的，但是大部份的人死得像動物，而不像人。我還沒有見過一般所謂的自然死亡，因比，我要譴責戰場上的死亡，像毅力過人的旅行家蒙戈派克知道的，死亡這碼子事別有方式。但是世人通常未見過那種方式，然而我曾見過一種。

我所見過唯一的那種自然死亡，是死於失血，但並非嚴重失血，這種死亡因患西班牙流行性感冒，口吐白沫而窒息，你知道病人的死亡是什麼樣了：最後他變成了小孩，雖然他仍有成人的力氣，口沫卻像尿水那樣沾滿被單，到處都是，直到他死亡，口水才不流出。因此，我現在想看到一個自稱人道主義的僞善者之死，因爲像蒙戈派克和我這樣充滿毅力的旅行家，也許有生之年可以看到這類言過其實且自命高貴的人士死亡的樣子。我以自然學家沉思的態度想到，如果舉行賽跑，起跑點的位置不適當的話，即使已作了最適當的安排，一定還是有不適當的情形發生；我想也許那些人之所以現在是這樣或過去是那樣，原因即在於此：他們從孩提時代就自以爲高人一等。不管人生的歷程怎樣開始，我倒希望看到某一小撮的結局，或是去想想那些昆蟲類長期處於不毛之地怎樣去掙扎求存；正如那些虛僞的人文主義者帶著他們那些大言炎炎的小冊子，耗盡一生精力去作誇大不實的宣傳。

也許在逝者通史裡界定逝者的類別，到本文問世爲止尚無任何意義可言，但是，卻對某些死者不公平，因爲他們並非死於年輕的時候，也沒有報刊雜誌爲他們的英勇作出報導，他們中有許多人無疑地從來沒有看過評論一類的文章，有人在大熱天看到屍體的嘴上有許多蛆在那裡蠕動。死者並不一定死於熱天，許多時候是碰到下雨天，屍體躺在那裡被沖洗得很乾淨。當他們埋葬時下雨了，土鬆掉了，有時硬土變成泥漿，沖洗掉了，便必須再把他們埋葬一次。或者，他們死於冬天，在山上的同袍必須把他們埋在雪裡，春天來了，當雪化了的時候，又得要別人再來把他們埋掉。在山上他們有美麗的埋葬地。山區戰爭是最美麗的戰爭型態。有一次山區戰爭後，那個山區叫波柯爾，他們在那兒埋葬一位將軍，那個山區叫波柯爾，這位將軍是因爲一名狙擊手把他的腦袋打穿了。那些撰寫「將軍壽終正寢」文章的作家犯了錯誤，因爲這位將軍是死於高山雪地戰壕中，他頭上戴著一頂亞爾皮尼帽，帽子上插著一根老鷹羽毛。他的前腦上有個洞，足可以插進一個小指，但是他的後腦那個洞則可以塞進一個拳頭；如果是個小拳頭的話，你不妨試一試，雪中流了許多血。他是一個非常優秀的將軍，他們稱他貝爾將軍。他在卡波列托戰場指揮巴伐利亞和亞爾坪柯帕斯的軍隊，他在他的參謀車裡被殺害，是被一位義大利後衛所殺，那是當將軍座車趕在他的軍隊前進入烏汀的時候被射殺的。如果我們記載這樣的事有任何正確性可言的話，這些抒寫將軍之死的書應該是這樣的一個書名：「將軍們通常壽終正寢」。

同樣的，有時在山裡，雪下在死者身上，死者是喪命在周圍有群山保護，任何炮彈都射不進去的演講臺旁邊。在尚未冰封的山區洞窟裡——這個洞窟是挖掘成的，軍中袍澤把他們帶到那兒。有個人的腦袋被打碎了，碎得像一個破花盆，雖然軍醫很技巧地用繃帶黏合起來，但他的腦袋裡卻仍然有一片炮彈，嵌進頭部的鋼片伴隨著他日日夜夜躺在那裡，使他無法安息。擔架兵要醫生進去看看他。他們每次去看他都要跋涉一段山路，而當他們不看他的時候，甚至會聽到他在呼吸。醫生的眼睛發紅，眼皮腫脹得幾乎閉起來，那是因為敵人在山下施放催淚彈的關係。醫生看了那個人兩次；一次在白天，一次在夜裡用手電筒。我的意思是說，帶著手電筒去看的那一幕，同樣可以由西班牙名畫家哥耶把它鏤刻下來，在第二次看過了之後，那位醫生相信了擔架兵所說的話，認為那位士兵仍舊活著。

「你們要我怎麼辦呢？」他問。

他們不要怎麼辦。但是過了一會兒，他們要求允許把他抬到洞外來與嚴重傷患放在一塊兒。

「不，不，不，不，」醫生正在忙碌：「怎麼回事？你們害怕他嗎？」他問道。

「我們不喜歡聽到他有呼吸聲卻與死者躺在一起。」

「那就別去聽他叫喊。如果你們把他抬出來，你們又得馬上把他抬回洞裡去。」

「醫生上尉，這樣做我們不在乎。」

「不行，」醫生說。「不行，難道你們沒有聽到我說不行嗎？」

「你為什麼不給他一針足量的嗎啡呢？」一位炮兵軍官在那裡等著為他臂上的傷上藥，這樣問道。

「你認為這是我用嗎啡的唯一途徑嗎？你願意我在為人開刀的時缺少嗎啡嗎？你有手槍，去嘛，去把他殺了吧。」

「他就是被射殺的，」那位軍官說。「若是你們醫生中誰被槍射中，你的態度就不同了。」

「非常謝謝你說的話。」醫生在空中揮著他的上藥工具說，「真是感激不盡，你看看這些眼睛，」他用鑷子指著他們。「你認為他們該怎麼辦？」

「這是催淚彈造成的結果。如果是催淚彈的話，我們認為那還是幸運的。」

「因為你們離開了前線，」醫生說。「因為你們為避難而藉催淚彈之名跑來這裡。你們是在你們的眼睛上擦了大蒜。」

「你在生氣，我不在乎你的侮辱。你在發飆。」

兩個擔架兵進來。

「醫生上尉，」其中一個說。

「滾開！」醫生說。

他們走開了。

「我要把那可憐的傢伙打死，」那位炮兵軍官說。「我是個人道主義者。我不能讓他這樣受苦。」

「那你就趕快去把他射殺吧，」醫生說。「把他打死，盡你的責任吧。我會作成報告的，我會報告說，在第一線醫療站傷患被炮兵中尉射死。去呀，去把他射殺呀。」

「你不是人。」

「我的職責是照顧傷患，不是來殺害他們的。殺害他們是你們炮兵先生的事。」

「那麼你爲什麼不去照顧他呢？」

「我已經盡力而爲了。」

「你爲什麼不把他從懸索鐵道送下山呢？」

「你是什麼人，有什麼資格來盤問我？你是我的上級軍官嗎？你是這個傷患包紮療傷站的指揮官嗎？我要請你回答。」

炮兵中尉連一句也沒有回答，室內其他的人都是士兵，沒有其他的軍官在場。

「回答我，」醫生握著上了針頭的鑷子說，「回答我呀。」

「你——他媽的，」那位炮兵軍官說。

「哼，」醫生說，「哼，你敢說那種話。好，好，我們等著瞧。」

炮兵軍官站起來，向他走去。

「你——他媽的，」他說。「你——他媽的，幹你娘，幹你……」

醫生將碘酒潑到他的臉上。那個中尉的眼睛看不見了，一邊摸他的手槍向他走過來。醫生很快地躍到他的背後，把他摔倒在地上，踢了他幾腳，用他那戴著橡皮手套的手拾起那把手槍。那個中尉坐在地上，用他那隻沒有受傷的手捂住兩隻眼睛。

「我要殺了你！」他說。「只要我的眼睛能看見時，我就要殺了你。」

「我是老大，」醫生說。「一切都寬恕你，因爲你知道我是老大，你殺不了我，因爲你的手槍在我手上。士官！副官！副官！」

「副官在懸索鐵道那邊，」那位士官說。

「用酒精和水來洗乾淨這位軍官的眼睛，他的兩隻眼睛裡弄進了碘酒。把我洗手的盆子帶過來，下面一個就是這位軍官，我來爲他治療。」

「你不要碰我。」

「你們把他抓住，他有點神經錯亂。」

一個擔架兵進來了。

「醫官上尉。」

「你要幹嘛？」

「那個人已放進停屍間——」

「滾開！」

「他已經死了，醫官上尉。我想，你會很高興的。」

「瞧，可憐的中尉，你明白了吧？我們是在作無謂的爭辯。在戰爭時期，我們是作無謂的爭辯。」

「你——他媽的，」炮兵中尉說，他仍然不明白。「你把我弄瞎了。」

「沒有事的，」醫生說。「你的眼睛會好的，沒有事的。我們作了一次無謂的爭辯。」

「我的眼睛！我的眼睛！我的眼睛！」中尉突然尖叫起來。「你弄瞎了我的眼睛！你弄瞎了我的眼睛！」

「你們把他抓緊，」醫生說。「他會很痛。把他牢牢抓緊。」

懷俄明的美酒

這是懷俄明一個炎熱的午後；山巒在遠方，可以看到山頂上的雪，但是山巒並沒有陰影，山谷裡的稻田都已經一片金黃，路上車輛經過揚起塵土，所有在城鎮邊區的小木屋都在烈日下炙烤。一株樹的樹蔭罩著方亭家的後廊，我坐在桌前，方亭太太從地下室帶來冷凍啤酒。一輛汽車從大路轉向側面的一條路，停在屋旁。兩個男人走出來，穿過大門行進。我把瓶子放到桌下。方亭太太站起來。

「桑姆在哪裡？」其中一人在屏風門的地方問。

「他不在這裡，他在礦區。」

「你有啤酒嗎？」

「沒有，一點也沒有了。這是最後的一瓶，都光了。」

「他在喝什麼？」

「那是最後的一瓶，都光了。」

「快，給我們一些啤酒。你是知道我的脾氣的。」

「沒有啤酒了，那是最後一瓶。都光了。」

「走吧。我們到別的地方去，我們可以弄到真正美味的啤酒，」其中一人說，他走出去，到車子那邊。另一人連走都走不穩。那部車子發動時急衝了一下，然後開走了。

「把啤酒放到桌子上來，」方亭太太說。「怎麼回事，哦，沒事的。怎麼回事？別醉倒在地上。」

「我不知道他們是誰，」我說。

「他們喝醉了，」她說。「那就是痲煩的地方。他們到了別的地方，會說是在這裡喝的。也許他們根本就記不得。」她說法語，但只偶爾講，還摻雜許多英文字和英文的語法結構。

「方亭在哪裡？」

「這是葡萄收穫期。啊，天哪，他正爲酒瘋狂。」

「但是你喜歡啤酒嗎？」

「是的，我喜歡啤酒，不過方亭是爲葡萄酒瘋狂。」

她是個胖女人，臉色紅潤，頭髮銀白。她很乾淨，家裡也收拾得很整潔。她是從倫斯來的。

「你在哪裡用餐？」

「旅店裡。」

「來這裡吃，我從來不在旅店的餐室吃東西。」

「我不想使你反感。再說，他們都在旅店吃飯。」

「我從來不在旅店吃東西，也許他們都在旅店吃。我一生中只在美國的一家餐館吃過。你知道他們給我吃些什麼？他們給我吃沒有煮熟的豬肉！」

「真的？」

「我何必撒謊，那是沒有烹飪的豬肉，但是，我兒子娶了個美國太太，他們經常吃罐頭豆子。」

「他結婚多久了？」

「哦，天哪，我倒忘了。他的太太體重有兩百二十五磅，既不做事，也不烹飪。她給他吃罐頭豆子。」

「她做什麼事呢？」

「她整天閱讀，什麼書都讀，整天躺在床上讀書。她不能再有孩子，因爲她太胖了，肚子裡沒有空間可以容納。」

「她怎麼會這樣呢？」

「她整天閱讀。他是個好孩子，非常勤奮地工作。他過去在礦場工作，現今在牧場工作。他沒有牧場工作的經驗，牧場老闆告訴方亭說，在他的牧場他從未見過比這個孩子更勤奮的了。但是他回到家裡來，她什麼也不給他吃。」

「爲什麼他不離婚呢？」

「他付不出離婚費用。再說，他爲她瘋狂。」

「她漂亮嗎？」

「他是這樣想。當初他把她帶回家來，我簡直不想活了。他是這麼好的孩子，又一直那麼樣的勤奮，從來不亂跑，也不出麻煩。後來他到油田去工作，回家時便帶回這樣一個印第安女人，那時她的體重是一百八十五磅。」

「她是印第安女人？」

「不錯，她是印第安人。她一天到晚盡講些他媽的狗屁混帳話，也不工作。」

「現在她在哪裡？」

「看戲去了。」

「到什麼地方看戲？」

「看戲就是去看電影，她整天所做的就是閱讀和看電影。」

「你還有啤酒嗎？」

「噢，有，當然有。今晚你跟我們一起吃飯。」

「好的，那麼要我帶什麼來？」

「不要帶什麼，什麼也不要帶。也許方亭會帶葡萄酒回來。」

那天晚上我在方亭家吃晚飯。我們在餐室裡吃，桌布非常乾淨。我們飲著新開瓶的葡萄酒。酒很淡，很清，很美味，嘗起來仍有葡萄的味道。圍坐一桌的是方亭、方亭太太和一個小孩，小孩叫安德烈。

「你今天幹了什麼？」方亭問。他是一個老人，小個子，一副礦工疲乏的身架，下垂的灰鬍子，明亮的眼睛。他是從聖艾汀中央區來的。

「我在寫書。」

「你的書怎麼樣？」方亭太太問。

「他的意思是說他像一位作家那樣在寫一本小說，」方亭解釋說。

「爸，我要去看戲？」安德烈請求說。

「當然可以，」方亭說。安德烈轉向我。

「你認爲我幾歲了？有十四嗎？」他是個很瘦的小孩，從他的臉上看去卻有十六歲的樣子。

「是的，你看起來像十四歲。」

「當我到電影院時，我像這樣彎下腰，使他們認爲我很小。」他的聲音很高而且是破嗓門。

「如果我給他們兩毛五，他們就全都收下；如果我給他們一毛五，他們也讓我入場。」

「那麼，我就只給你一毛五啦，」方亭說。

「不，給我一個兩毛的硬幣嘛，我會在路上把它換成零錢。」

「每次看完電影後就不曉得回來，」方亭太太說。

「我曉得回來的。」安德烈走出門外。室外很涼爽。他讓門開著，一陣涼風吹進來。

「吃吧！」方亭太太說。「你還沒有吃什麼東西呢。」我已吃了兩份雞肉和法國炸馬鈴薯，三串甜燕麥餅，幾片黃瓜和兩份沙拉。

「也許他需要一點糕餅，」方亭說。

「我是應該給他一點糕餅，」方亭太太說。「來點乳酪吧，你什麼都沒有吃，我應該準備點糕餅的，美國人常吃糕餅。」

「再來點沙拉，」方亭說。

「我再多拿些啤酒來，」方亭太太說。「如果你整天在印書廠工作，你會很餓的。」

「她並不瞭解你所從事的寫作，」方亭說。他是個很細心運用習語的老人。他會唱一八九〇年代他在軍中服役時期的歌曲。「他是自己寫書，」他向他的太太解釋說。

「你自己寫書嗎？」方亭太太問。

「有時。」

「哦！」她說。「哦！你自己寫書呀。哦！可是，如果做那樣的工作一定會很餓了。請吃東西吧，我去拿啤酒來。」

我們聽到她走在地下室的台階上，方亭對我笑笑。他是個很有容忍心的人，雖然他沒有世故的經驗和知識。

當安德烈看完電影回來時，我們還坐在廚房裡談打獵的事情。

「勞動節那天我們都到清水灣去，」方亭太太說。「哦，天哪，如果你也在那裡就好了。我們一起坐卡車去。我們在禮拜天也坐卡車去參加舞會。那是查理的卡車。」

「那是我們在加州的一位法國朋友，」方亭說。

「啊，我們還唱起歌來。有位農夫過來看看究竟發生了什麼事，於是我們給他酒喝，他也跟我相處了片刻。有幾個義大利人也來了，他們也跟我們一起玩。我們唱有關義大利人的歌曲，他們並不瞭解歌曲中的意義。他們不懂，我們也不要他們懂，但是我們並沒有對他們怎樣，過了一會兒後。他們走了。」

「你們在清水灣抓到了多少魚？」

「很少。我們只去釣了一會兒魚，又回來唱歌。我們都唱著歌。」

「在夜裡，」方亭太太說。「女的都在卡車裡睡覺，男的則生起營火。夜裡我聽到方亭來取酒去喝，我告訴他說，方亭，留一點明天喝吧。明天他們將沒有酒可喝，那麼他們會很難過的。」

「你喜歡美國到怎樣的程度？」方亭問我。

「你知道那是我的國家。我喜歡美國，因爲她是我的國家。但是美國的吃法我並不十分喜歡。」

第二天下午我開車又到方亭家去，穿過城市的屋叢，而後沿著滿佈塵土的道路，上行轉彎，將車停在路旁的籬笆邊。這又是一個炎熱的天氣。方亭太太到後門去了。她看起來像個女聖誕老人，乾乾淨淨，紅潤的臉，銀白的頭髮，走起路來搖搖擺擺的。

「啊，天哪，哈囉，」她說。「好熱的天氣，天哪！」她走回屋裡去拿啤酒。我坐在後面迴廊，透過簾門，望著烈日下的樹葉和遠方的山巒。那些山嶺被人挖過，泥土呈棕黃色。

山巒上有三個山峰，山峰上有冰雪，你可以從樹林穿過去。雪看起來是如此瑩白、純潔，令人有不真實的感覺。方亭太太出來把酒放在桌子上。

「你看到了屋外什麼東西？」

「雪。」

「雪，很美。」

「你也喝一杯吧。」

「好吧。」

她坐在我身旁的一張椅子上。「施密特，」她說。「如果他當選總統，你認爲我們還會有葡萄酒和啤酒可喝嗎？」

「當然有，」我說。「你要信任施密特。」

「我們已經被罰了七百五十五元，那是當他們逮捕方亭的時候。有兩次是員警逮捕我們，有一次是政府要員。我們所賺的錢都是方亭在礦場工作和我爲人洗衣服賺來的。我們的罰款都繳清了。他們把方亭關起來。他根本不是壞人呀。」

「他是個好人，」我說。「但這是件刑事案。」

「我們賣的酒並不貴，每升才一塊錢，啤酒一毛錢一瓶。我們從來不賣不夠味的啤酒。許多地方賣的啤酒都是一做出來就賣，所以不夠味，並且使得消費者在飲後會頭痛。那是怎麼回事呢？他們把方亭關起來，又罰我們七百五十五元。」

「那太過份了，」我說。「方亭現在在什麼地方？」

「他在酒房那邊。他要親自看著酒出鍋，」她笑笑。她沒有再想到錢的問題。「他對葡萄酒如痴如狂。昨天晚上他帶了一點回家，就是你喝過的，有一點新出鍋的味道。是最後的一點鍋味。不過還差一點火候。他喝了一點，今天早上他又放了一點加在咖啡裡，他真是瘋了。那是什麼味道！我住在北方的時候，他們並不喝葡萄酒。每個人都喝啤酒。靠近我們住的地方就有一家啤酒廠。當我還是小孩子的時候，我不喜歡從貨車上傳過來的那種味道，也不喜歡從田野傳過來的那種味道。天哪！我真是一點也不喜歡那種味道。啤酒廠老闆說服我和我妹妹去廠裡飲過啤酒後，我們就都喜歡那種味道了。那是真的。後來我們就只喜歡啤酒。老闆叫他們送啤酒來給我們喝，於是我們都喜歡喝起啤酒來。方亭卻對葡萄酒發狂。有一次，他殺死了一隻野兔，他要我把牠加酒配上其他作料煮好。我將兔肉加酒，加牛油、香菇和大蒜等作料一起煮。天哪，結果這隻野兔居然被我烹煮得不錯。」

「不錯，」我說。「兔肉和葡萄酒同樣美味。」

「你就像方亭，但有一件事我不明白。我想你也沒有見過，就是來這裡的美國人，把威士忌放入啤酒裡。」

「沒有見過，」我說。

「真的，天哪！真的，還有個女人在桌子上吐了。」

「那是初學飲酒的人吧？」

「真的，她在桌子上吐了，之後又再吐到鞋子上。後來他們說下個星期六要來舉行另一次宴會。我說，不行，天哪，萬萬不行，當他們來時，我就把門鎖上。」

「當他們喝醉了，恐怕是很糟糕的。」

「冬天的時候，他們去跳舞，坐汽車來，坐在車裡等在屋外，對方亭說，『嗨，山姆，賣給我們一瓶葡萄酒吧。』或是，他們買啤酒，然後去跳舞。因此，我說，我做一頓豐富的晚餐，當他們回來時，便可以大吃大喝。於是，他們便把威士忌酒放入咖啡中。啊，天哪！我對方亭說，『他們都是些有病的人！』他說。『是的，』後來，那些女孩子都吐了，連好女孩也都吐了，所有的女人都吐了。她們就吐在桌子上。方亭去扶她們，但是有人說不要，她們在桌前坐一坐就會好起來的。」

方亭進來了。「當他們再來時，我把門鎖上。『啊，不行，』我說。『並不是一百五十塊錢的事。』天哪，絕對不行。」

「這些人他們一高興起來就講法語，」方亭說。由於天氣熱，他站在那兒看起來很蒼老、很疲乏的樣子。

「你說什麼？」

「豬，」他輕聲說，他躊躇著使用了這樣一個寓意強烈的詞眼。「他們像豬。這是個寓意非常強烈的詞兒，」他抱歉說。「居然吐在桌子上——」他哀傷地搖著頭。

「豬，」我說。「他們就是那個樣子——豬樣子，髒死了。」

這種字眼太粗鄙，使方亭倒胃口。他喜歡說些別的。

「他們是一些很文雅、很理智，也很強健的人，」他說。「他們是從要塞來的軍官。真正的好人。每個到法國來的人都要飲酒。他們喜歡美酒沒錯。」

「有一個人，」方亭太太說。「他的妻子從來不許他出去。因此，他告訴妻子說他很疲乏，要去睡覺，當她出去看戲時，他便下床來，就在睡衣上披上一件外衣。『瑪利亞，看在老天的份上來一瓶啤酒。』他說。他穿著睡衣坐在那兒喝啤酒，而後他到要塞去，在他妻子從戲院回來之前，他便又回到床上去了。」

「那是個怪人，」方亭說。「但是他非常的好，他是個好人。」

「天哪，是的，完全是個好人，」方亭太太說。「當他的妻子看電影回來時他常躺在床上。」

「我明天要離開，」我說。「到松雞園去。我們要趕上那邊獵松雞季節的揭幕式。」

「真的？你離開之前還要來這裡，你一定還要來這裡。」

「當然。」

「那麼把酒喝完，」方亭說。「我們一起喝一瓶。」

「三瓶，」方亭太太說。

「我會回來的，」我說。

「我們希望你來，」方亭說。

「晚安，」我說。

我們那天下午很早就抵達了目的地，次日早晨我們五點鐘就起床了。在我們狩獵的前一天早晨，我連一隻松雞也沒有看見。我們駕著敞篷車，並不覺得熱，在路旁的一棵樹下，躲開太陽，吃著我們的午餐。日正當中，樹蔭變得很小。我們把硬餅乾夾在三明治裡吃；我們的身上都很髒，也很累，而當我們走出草原，步上回城裡的大路時，我們都非常高興。我們來到一個盛產土撥鼠的小鎮，停下車來，大家用手槍打土撥鼠。我們射殺了兩隻就停止了，因爲只見子彈大多擊中岩石和泥土，簡直白白消耗資源；子彈的聲音越過田野，田野的前面沿著一條溪流有少許樹木和一間房屋，我們不希望子彈射進房屋。於是，我們繼續駕車前進，最後朝著鎮上房屋顯現一角的地方走下山路。橫過一處平原，我們看見了山巒。當天，那些山巒看起來是青色的，高山上的雪則亮如玻璃。夏季快結束了，但是山頂上還沒有新下的雪，只是經過陽光化解的舊冰雪，遠遠望去晶瑩發亮。

我們需要蔭涼的地方。我們都被陽光灼傷，口唇也因陽光和鹹質塵土而乾裂。我們走側道前往方亭家，抵達後把車子停在他家房屋的外邊，然後進屋裡去。餐室裡一片清涼，方亭太太單獨一個人在那兒。

「只剩下兩瓶啤酒，」她說。「都沒有了，新的酒還沒有釀好。」

我給她幾隻松雞，「很好，」她說。「很好，謝謝，那太好了。」她出去把松雞放在較蔭涼的地方。當我們喝完了酒，我站起來。

「我們要走了，」我說。

「今天晚上你來，好吧？方亭去取酒去了。」

「我們在離開前會再來。」

「真的要走了？」

「是的，我們必須明早離開。」

「你要離開了，真可惜，你今天晚上來，方亭會帶酒來，你走以前我們要好好喝幾杯。」

「我們走以前會再來。」

但是那天下午要發出電報，還要檢查車子——車胎給尖石割破了，需要補胎——由於沒有車子，我們步行進城去辦一些我們走前必須辨好的手續。吃晚飯的時候我很累，不願外出，也不想用外語交談。只想早點睡覺。

在我進入夢鄉之前，我直躺在床上，床邊放置著夏天所需的東西，等待包紮捆綁，窗戶開著，從山上那邊吹來涼爽的空氣，沒有到方亭家去，我覺得很羞愧。但是不一會兒我就睡著了。第二天早晨我一直忙著包裝物件。我們吃完午飯後，準備兩點鐘啓程。

「我們必須去方亭家辭行，」我說。

「是的，我們是應該去的。」

「我怕他們昨晚等著我們去。」

「我想我們應該昨晚就去才對。」

「如果我們真的去過，那不知有多好呢。」

我們向旅店櫃台上的人告別，也向城裡其他的朋友和賴利告別，而後到方亭家去。方亭先生和太太都在。他們很高興見到我們。方亭看起來顯現老態，並且很疲倦的樣子。

「我們認為你們昨晚會來，」方亭太太說。「方亭帶回三瓶酒。你們沒有來，他就把那三瓶統統喝光了。」

「我們只逗留片刻，」我說。「我們只是來告別的。本來是昨晚要來的。我們也很想來，但是打獵之後太疲倦而沒有來。」

「喝點酒吧，」方亭說。

「已沒有酒了，你全部喝完啦。」

方亭看起來顯得惶惶不安。

「我去拿一些來，」他說。「我只要去幾分鐘。我昨天夜裡喝醉了，我們是為你喝的。」

「我知道你很疲倦了。天哪，他們昨天晚上也實在太累了而不能來，」我說。

方亭太太說，「方亭，去拿酒來呀。」

「我開車送你，」我說。

「好吧，」方亭說。「那樣我們就可以快些回來。」

我們驅車上了大路，而後轉往約一里外的一條側道。

「你們會喜歡那種酒的，」方亭說。「一蒸出鍋就很棒。你們今天晚上可以大喝一番。」

我們停在一間棚星前，方亭敲門，沒有應門聲。後門附近有許多空罐。我們從窗子往裡看，裡邊沒有人。廚房裡骯髒而凌亂，但是所有的門窗都是緊關著的。

「狗養的雜種，」方亭說。「她一定到什麼地方去了。」

從窗子望進去，我可以看到儲藏酒的地方。靠近窗子可以聞到屋子裡的味道。那種味道就像印第安人房子裡的氣味，濃香到令人覺得有點不太舒服。突然方亭拿起一塊木板開始挖後門旁的地面。

「我進得去，」他說。「狗養的雜種，我進得去。」

鄰居後院有一個人在調整一部舊福特車的前輪。

「你最好別進去，」我說。「那個人會看見你，他正在看呢。」

方亭直起身子來。「我們再試試鑰匙，」他說。我們試鑰匙，但是沒能開啓，因爲鑰匙只能轉動一半。

「我們進不去，」我說。「我們最好還是回去吧。」

「我要把後門挖開，」方亭提議說。

「不，我不要你冒這種險。」

「我要。」

「不行，」我說。「那個人會看見，然後他會來抓。」

我們回到車上，開車返回方亭家，中途停下來留置鑰匙。方亭沒有說什麼，只是用英語發了個誓，卻是不知所云。然後我們一起進入屋裡。

「那個狗養的雜種，」他說。「我們沒有弄到酒。我自己釀的酒都喝不到。」

方亭太太臉上所有的喜悅都不見了。方亭坐在一角，雙手捧著頭。

「我們要走了，」我說。「不管有沒有酒都一樣，我們走後你們一樣可以為我們乾杯。」

「那瘋子到什麼地方去了？」方亭太太問。

「我不知道，」方亭說。「我不知道她到哪裡去了。現在你們沒有喝到我的酒便要走了。」

「那也很好嘛，」我說。

「那樣不好，」方亭太太說。她搖著頭。

「我們一定要走了，」我說。「再見，祝好運！謝謝你們給我們這樣一段快樂的時光。」

方亭搖著頭，他有些覺得不光彩的樣子。方亭太太看起來帶著一抹憂傷。

「不要爲酒的事情傷感，」我說。

「他是想叫你們嚐嚐他釀的美酒，」方亭太太說。「明年你們還會再來嗎？」

「不會，也許再過一年。」

「你瞧吧？」方亭對她說。

「再見了，」我說。「別再去擔心酒的事情了，我們走後你們爲我們多乾幾杯。」方亭搖著頭，他沒有笑。他知道他被人作弄了。

「狗養的雜種，」他在自言自語。

「昨天晚上他有三瓶，」方亭太太安慰他說。他卻搖著頭。

「再見，」他說。

方亭太太淚水盈眶。

「再見，」她說。她爲方亭非常難過。

「再見，」我們說。我們都覺得非常難過。他們站在門口，我們上了車，發動車子。我們一齊揮手。他們一起站在走廊上，一副心裡難過的樣子。方亭看起來很蒼老，方亭太太看起來很憂傷。她向我們揮著手，方亭進屋裡去了。我們的車子上路了。

「他們是那麼樣的難過，方亭實在太難過了。」

「我們應該昨天晚上走了就好。」

「是呀，應該昨天晚上走了就好。」

我們穿過城鎮，來到平坦的一條路上，路兩旁的田野裡有稻子收割後的禾兜，右邊遠方看得見山巒。這裡看起來像西班牙，然而這兒是懷俄明。

「我希望他們運氣好。」

「他們不會有什麼好運氣，」我說。「施密特也不會做總統，因爲他要禁酒。」

水泥鋪的路走完了，現在是碎石馬路，我們離開了平原，開始爬坡，上了兩個小山丘；路彎彎曲曲。一直往上爬。山丘的泥土是紅色的。到處長著一叢叢灰色的鼠尾草，由於上山，我們能望見對面的山巒和伸延到大山的谷地平原。現在那些地方距離我們已經很遠了，那些地方看起來就像西班牙。路仍是彎彎曲曲往上行，前面有松雞在路上拍著塵土。當我們駛向牠們時，牠們紛紛飛起，翅膀撲打得很快，而後滑過長坡，落在下面山麓。

「牠們是那麼大，那麼漂亮。牠們比歐洲的鷓鴣要大些。」

「方亭說這是個狩獵的好地方。」

「但如果不准狩獵了呢？」

「那獵人就活不下去了。」

「那個男孩子不會放棄的。」

「並沒有證據可以證明他不會放棄，」我說。

「昨天晚上我們要是去了就好。」

「噢，是的，」我說。「我們要是去了就好。」

賭徒、修女與收音機

「要他說實話，他就要完了，」探長說。

「不，」凱葉達諾魯茲說，「請替我告訴他說我很疲乏，不希望多說話。」

「他說他所供述的都是實話，」翻譯官說。然後，他很自信的轉向探長說，「他不知道是誰開槍射擊他，他們是在背後開槍射擊他的。」

「是的，」探長說，「我知道，但爲什麼子彈都是從前面進去的呢？」

「也許他剛好轉過身去，」翻譯官說。

「你聽著，」探長說，他那抖顫揮動的手指幾乎能碰到凱葉達諾魯茲的鼻子，那鼻子是蠟黃色的，那臉色像死人，只有那兩隻眼睛像鷹眼般突出，炯炯流轉。「我才不管誰開槍射擊你，但是我必須澄清這件事。你不要射擊你的人得到懲罰嗎？告訴他。」他對翻譯官說。

「他說是誰射擊你的？」

凱葉達諾魯茲說了句墨西哥話，探長聽不清楚，他已經很疲倦了。

「他說他從來沒有看過那個人，」翻譯說。「我剛剛已經說過他們是從背後射擊他的。」

「問他是誰射擊那個俄國佬？」

「可憐的俄國佬，」凱葉達諾魯茲說。「他正抱著頭在地板上。當他們射擊他時，他開始大叫，並且從那以後他就一直在叫。可憐的俄國佬。」

「他說是個他不認識的人幹的，可能和射擊他的是同一個人。」

「你聽著，」探長說。「這裡不是芝加哥，你也不是匪徒。你用不著像電影中那樣表演。說出誰射擊你就行了。任何人都會說出射擊他的人，那樣才是對的。如果你不肯說出他是誰，那麼他還會去射殺別人。他可能會射殺一位婦女或一個小孩。你不能讓他這樣幹下去。你告訴他，」他向佛拉塞先生說，「我不信任那扯蛋的翻譯員。」

「我是很可靠的。」翻譯員說。凱葉達諾魯茲注視著佛拉塞先生。

「聽著，朋友，」佛拉塞先生說。「警官說我們不是在芝加哥，而是在蒙特那的海利。你不是匪徒，這整個的事件也不是演電影。」

「我相信他，」凱葉塔諾魯茲輕聲說。「我一直相信。」

「一個人如果有榮譽心的話，他就會說出兇手來，這裡每一個人都會這樣做。他說射擊你以後會發生什麼事嗎？如果這個人射擊了一個小孩或一位婦人又將如何呢？」

「我還沒有結婚，」凱葉達諾魯茲說。

「他說的是任何一位婦女，或任何一個小孩。」

「那個人並不是瘋子，」凱葉達諾魯茲說。

「他說你應該把那個人說出來，」佛拉塞先生下結論說。

「謝謝你，」凱葉達諾魯茲說。「你是一位偉大的翻譯員。我會講英語，但講得很糟。我已瞭解你的話。你的腿是怎樣斷的？」

「從馬上摔下來的。」

「真不幸，我為你難過，你一定傷得很嚴重吧？」

「現在倒沒有什麼，當初是很嚴重。」

「聽著，朋友，」凱葉達諾魯茲說。「我很虛弱，請你原諒。並且我傷口很痛，很可能會死。請你把那個警官叫出去，因為我太累了。」他做出向一旁轉身的樣子，而後卻又靜止不動。

「我已經把你的話完全告訴他了，他要我告訴你。他真的不知道誰射擊他的，並且他很虛弱，希望你稍後再盤問他，」佛拉塞說。

「他隨時都可能會死。」

「很可能。」

「那就是為什麼我現在就要盤問他。」

「有人從他後面射擊他，我告訴過你，」翻譯員說。

「啊，看在老天的份上，」探長說，隨即把他的小筆記本放入口袋裡。

外面走廊上，探長正與翻譯員站在佛拉塞先生的輪椅旁邊。

「我想你也是認為有人從他背後射擊他的，是嗎？」

「是的，」佛拉塞說。「有人從他背後射擊，這對你又有什麼意義呢？」

「不要講生氣的話，」探長說。「但願我能說墨西哥語。」

「爲什麼你不學呢？」

「不要說些意氣用事的話。問了那個墨西哥人半天卻什麼也沒有問出來，如果我會說墨西哥話，那就不同了。」

「你不需要會講西班牙語，」翻譯員說。「我是個很可靠的翻譯員。」

「嗯，看在老天的份上，」探長說。「那麼，再見了，我會來找你的。」

「謝謝，我總是在的。」

「我想你沒事的。那只是運氣不佳。很不好就是了。」

「他接過了骨，情況一直很好。」

「是的，但那需要一段很長的時間，很長很長的時間。」

「別讓任何人在背後射擊你。」

「是的，」他說。「那麼，我真高興你已經不痛了。」

「再見，」佛拉塞先生說。

佛拉塞先生很久一段時間沒有看到凱葉塔諾魯茲了，但是每天清晨修女西西莉亞便會帶來他的消息。她說，他一直沒有埋怨，他現在的情況非常不好。他得了腹膜炎，他們都認爲他活不成了，她說，可憐的凱葉達諾魯茲。他的手和臉都非常漂亮。他一直都沒有抱怨過什麼。對那種氣味他覺得非常難受。她說，他會用一隻手指頭指著鼻子而憨笑，搖搖頭。他不能忍受那惡臭。修女西西莉亞說，那氣味使她困惱。哦，他卻又是那麼好脾氣的一個病人。他總是笑著。他不肯去向神父懺悔，但是他答應做禱告。自從他被帶進來後，沒有任何一個墨西哥人來探望過他。那個俄國佬就要在本週末出院了，我從來沒有從那個俄國人身上感覺到什麼，修女西西莉亞說。可憐的傢伙，他也受夠了。那是一顆染有油穢物的髒子彈，使得傷口受了感染。他很會吵鬧，所以我喜歡病情嚴重的那個。凱葉達諾魯茲便是病情嚴重的那個。哦，他真是嚴重，非常的嚴重，但他卻是那麼好。那麼精緻溫良，他的雙手似乎從來未做過事。他不是個甜菜工人。他的手很光滑，上面沒有長繭。我知道他所幹的那種職業非常糟糕，我要下去為他祈禱了。可憐的凱葉達諾魯茲，他忍受過一段痛苦時光，但是他一點也不出聲。到底他們為什麼一定要射擊他呢？哦，可憐的凱葉達諾魯茲，我現在就要去為他祈禱！

她下樓為他祈禱去了。

在醫院裡有一架要到晚上才收聽得到的收音機。他們說，那是因為地底下有太多礦物質，或是山上有某種阻礙收聽的東西，因此無法在白天收聽。總之，必須等到外邊天色暗下來才聽得清楚。然而，它整個晚上運作得很好，而且，當此處這個電台停止播出時，你可以撥到更西面的那幾個電台，最後你可以選擇西雅圖或華盛頓，因為兩地時差的關係，他們清晨四點結束時，醫院這邊正是五點，在六點鐘的時候，你可以收聽到明尼艾波利的清晨那些狂歡者喧囂的聲音。那是因為時差的關係，而佛拉塞先生慣於想像清晨時那些狂歡者步入播音室時的情景，並且描繪出他們在曙光中，帶著他們的樂器步出東街的那副樣子。也許他們的樂器根本就放在播音室不帶出來。但是，他總是想像他們是帶著樂器的。他從來就沒有到過明尼艾波利，並且他自認也許永遠不會到那邊去，但是他知道那邊的清晨是個什麼樣子。

從醫院的窗子望出去，你可以看見冰雪覆蓋的田野和黃土山丘上長滿了野莧草。一天早晨，醫生正在給佛拉塞看兩隻雪地裡的野雞，他一面拖著床向窗戶挨過去，鐵床架上的座燈墜落下來，座燈電線纏在佛拉塞先生的頭上，這件事現在看起來並不好笑。但在當時卻讓人覺得非常滑稽，每一個人都在向窗外望，而這位第一流的優秀醫生，正在一邊指著野雞，一邊把床往窗口拖過去，這情景很像一幕滑稽戲，佛拉塞先生的頭也就在這時被座燈的底部鐵板重重地擊了一下。那似乎不是治療的設計，也不是住進醫院的人所能想像得到的事，每個人都認爲那是非常好笑的事。這件事儼然像是在捉弄佛拉塞先生和醫生。在醫院裡，每件事就是那麼單純地變成了笑話或笑料。

假如床鋪轉向另一面窗子的話，你可以從那扇窗子看到市鎮，市鎮的上空飄著幾許黑煙，而遠處山峰上看起來已是冬雪皚皚。因爲輪椅還不能使用，在醫院裡唯一能看到的便是這兩幕景色。你有足夠的時間在那設置了溫度調節的房間裡欣賞，這些景色總比你坐在輪椅上，或被人推出熱死人的空房間去欣賞幾分鐘的那些景致，要順眼得多。如果你在房間裡待的時間非常長的話，那些景色對你就非常重要，你絕不想改變它，即使是角度的少許變動也不願意。就像對收音機一樣，你漸漸喜歡某些事物，你會喜歡舊事物，排斥新事物，那年冬

「我已聽得太多了，我要到教堂去做我該做的事。」

那天下午的球賽過了五分鐘之後，一位見習生跑進來說，「西西莉亞修女想知道球賽進行的情形。」

「告訴她，他們得分了。」

不一會見，見習生又跑了進來。

「告訴她，他們打勝了，」佛拉塞先生說。

稍後他按鈴叫那位在一樓値班的護士來。「你不介意到教堂去一趟吧，告訴西西莉亞修女，聖母隊在第一局末尾以十四比零獲勝。一切順利，她可以停止祈禱了。」

幾分鐘之後，西西莉亞修女進來了，她看起來很興奮。「十四比零是什麼意思？我對這場比賽一點概念也沒有。在棒球賽中有安全上壘的說法。但是，我一點也不瞭解足球。那可能還未成定局。我立刻要上教堂去祈禱，直到比賽結束爲止。」

「他們已經把對方打敗了，」佛拉塞說。「不要緊，我敢保證，你還是留在這兒跟我們一起收聽的好。」

「不行，不行，不行……不行，」她說。「我要立即上教堂祈禱。」

每當聖母隊得分時，佛拉塞就傳送消息去給西西莉亞修女，最後，球賽結束，時間已經很晚了。

「西西莉亞修女怎麼樣了呢？」

「他們都在教堂，」她說。

第二天早晨，西西莉亞修女走了進來。她看上去不但高興而且充滿了信心。

「我知道他們不能擊敗我們的聖母隊，」她說。「他們不可能。凱葉達諾魯茲的病情也好轉了。他好轉了許多。他有客人要來，但是他不能見他們。他們就要來了，那可能對他的病情有益處；他會明白他並未被他的同胞遺棄。我在警察局看到那個叫歐布倫的男孩，我告訴他，招些墨西哥人來探望可憐的凱葉達諾魯茲。這個下午，他就會叫些人來。沒有人來探望他是件很糟糕的事。」

大約下午五點鐘時，三個墨西哥人走了進來。

「可以探病嗎？」最大的那個大個子問，他看起來很肥胖，嘴唇很厚。

「為什麼不可以呢？」佛拉塞先生回答說。「請坐，諸位先生，」

「謝謝，」高個子說。

「謝謝，」最黑最小的那個說。

「不，謝了，」瘦瘦的那個說。「那會使我頭昏。」他摸摸自己的腦袋。

護士拿了幾隻杯子進來。「請把瓶子給他們，」佛拉塞說。「從紅屋來的，」他解釋說。

「紅屋是最好的，」大個子說。「那比『大木頭』的要好得多。」

「是的，」最小的一個說。「並且很貴哦。」

「那在紅屋中也是很貴的一種，」大個子說。

「這台收音機有幾支真空管？」一個喝著酒的問。

「七支。」

「很美妙，」他說。「要值多少錢。」

「不知道，」佛拉塞先生說。「租來的。」

「先生，你們是凱葉達諾魯茲的朋友？」

「不，」大個子說。「我們是打傷他的那個人的朋友。」

「警官叫我們來的，」最小的說。

「我們有一個玩牌的小地方，」大個子說，他用手指著那個沒有喝酒的。「他和我共有的。」

「他也有個小地方，」他指著那個又黑又小的。

「警方說我們一定要來，我們就來了。」

「很高興你們來了。」

「我們也一樣，」大個子說。

「要再喝一小杯嗎？」

「為什麼不？」大個子說。

「如果你同意的話，」最小的說。

「我不要，」瘦子說。「那會使我頭昏。」

「味道很好的，」最小的說。

「試試看，」佛拉塞先生探問瘦子。「頭昏也無妨。」

「過後會頭痛的，」瘦子說。

「你們不能叫凱葉達諾魯茲的朋友來看他嗎？」佛拉塞問。

「他沒有朋友。」

「每個人都有朋友。」

「這個人沒有。」

「他幹什麼的？」

「玩牌的。」

「玩得很精？」

「我相信是的。」

「從我這裡，」最小的說。「他贏去了一百八十元，我一百八十元全泡湯了。」

「從我這裡，」瘦子說。「他贏去了二百一十元，想想看那個數目。」

「我沒和他玩過。」胖子說。

「他一定很有錢，」佛拉塞提出。

「他比我們都窮，」小墨西哥人說。「他最多只有身上那件襯衫而已。」

「那件襯衫現在已不值什麼了，」佛拉塞說。「那上面穿了洞。」

「顯然不值錢了。」

「打傷他的是一個玩牌的嗎？」

「不，一個甜菜工人，他必須離開市鎮。」

「你們仔細想想看對不對，」最小的一個說．「他是市鎮上最好的吉他手。最好的沒錯。」

「騙人！」

「我相信，」最大的那個說。「他怎麼會彈吉他呢。」

「沒有其他好的吉他手了嗎？」

「連影子都找不到。」

「另外有個還算不錯的手風琴玩家，」瘦子說。

「還有幾個玩玩別種樂器，」大個子說。「你喜歡音樂嗎？」

「怎麼會不喜歡呢？」

「我們改天晚上帶音樂來。你們這裡的修女會准許嗎?她好像很友善嘛。」

「我相信她會准許的，當凱葉達諾魯茲可以聽的時候。」

「她有點瘋狂？」瘦子問。

「誰？」

「那位修女呀。」

「不，」佛拉塞先生說。「她是個非常聰明而且富有同情心的好女人。」

「我不信任牧師、和尚、修女這類人，」瘦子說。

「他在孩提時代就和這些人有過惡劣印象的經驗，」最小的一個說。

「我那時是教堂的詩童，」瘦子傲然放聲說。「但現在我什麼也不相信了，我也不會去做彌撒。」

「怎麼？醉了嗎？」

「不，」瘦子說。「使我醉的是酒。宗教是窮人的鴉片。」

「我以爲大麻菸才是窮人的鴉片呢，」佛拉塞說。

「你吸過鴉片嗎？」大個子說。

「沒有。」

「我也沒有，」他說。「那似乎不是好東西，一開始吸它後就會上癮，上癮就無法作罷，那是邪惡的東西。」

「那像宗教一樣，」瘦子說。

「這傢伙，」小墨西哥人說。「他是極端反宗教的。」

「強烈反對某樣事物也無可厚非，」佛拉塞先生很有禮貌的說。

「我敬佩那些雖然無知卻有信心的人。」瘦子說。

「對的，」佛拉塞先生說。

「我們能為你帶些什麼來？」大個子說。「你缺少什麼？」

「如果有好啤酒，我倒喜歡買些啤酒。」

「我們會帶啤酒來。」

「你們走之前，再來一杯吧？」

「好哇。」

「讓你們破費了。」

「我不能再喝了，那使我頭昏，我會頭痛得很厲害，而且肚子會不舒服。」

「再見啦，諸位先生。」

「再見，謝謝。」

他們走出去了，接著是晚餐與收音機。他把收音機調到最低的音量，最後，丹佛、鹽湖市、洛杉磯、西雅圖各電台相繼報告節目完畢。佛拉塞不能從收音機得到丹佛的印象，但他可以從丹佛郵報上看到丹佛，並且可從洛杉磯時報改正錯誤的印象。他也無法從聆聽收音機而得到鹽湖市或洛杉磯的印象。他對鹽湖市所能感覺到的，只是那兒的乾淨，但卻是枯燥的感受。而洛杉磯大餐館中過多的舞廳活動使他簡直不瞭解洛杉磯。他對西雅圖瞭解得不少，但無法從舞廳去瞭解它。他每晚坐上計程車隨著車隊（每輛計程車上都裝有收音機）前往加拿大邊界的酒店。他們以電話點播音樂。他每晚兩點過後便住在西雅圖，聽各色各樣的人談各色各樣的問題，那情形就像是在明尼艾波利一樣，在那裡，狂歡者一大早便踏上播放音樂的路途。佛拉塞先生愈來愈喜歡華盛頓、西雅圖了。

那些墨西哥人又來了，帶來一些啤酒，但並非高檔啤酒。佛拉塞先生看到了他們，但無意跟他們交談。當他們走後，他知道他們不會再來了。他的神經變得不穩定，因此不喜歡見人。五個星期過去了，他的神經狀況更加惡化。當他高興的時候，他們交談得很久，但是當他知道要談的內容時，他便會忿怒於這種談話的場景。佛拉塞以前就經歷過這種情況，對他而言已是不足爲奇。他現在唯一感到新奇的是收音機。他整個晚上都在聆聽，把聲音調低到幾乎聽不到的程度。他已習於聽而不思。

西西莉亞修女當天上午十點鐘左右進來，帶著郵件。她出落得非常漂亮，佛拉塞先生樂於看到她，也高興聽她說話，但是郵件好像是從另一個世界來的那麼珍貴。然而，信內沒有任何趣聞。

「你看起來好多了，」她說，「你很快就可以出院離開我們了。」

「是的，」佛拉塞先生說，「今天早晨你看起來非常快樂。」

「哦，是的，今天早晨我覺得我像是一位聖徒。」這時佛拉塞先生往後靠一些。

「是的，」西西莉亞修女繼續說，「那是我所追求的。要做一個聖徒，甚至從孩提時代起我就想成爲一位聖徒。當我還是個小女孩時，我就想，假如棄絕塵世，進修道院就可以成為聖徒。那就是我想追求的，那也就是我想做到的事情。我很期望成為聖徒。我確實相信我做得到，再過一陣我就是了。我非常高興，這件事對我來說似乎是那麼簡單容易。清晨我醒來時，我盼望我已成了聖徒，但是我並沒有，我並沒有成為聖徒，我是那麼樣的熱望，我所需要的就是成為聖徒。那是我全部的企望所在。今天早晨我覺得我似乎已是聖徒，哦，我希望我會是聖徒。」

「你會的，每個人都可以得到他所想望的東西，大家總是這樣說。」

「現在我不知道。當我還是個小孩時，那似乎很簡單。我認為我會成為聖徒。當我發現不能立即實現時，我便認為那是時間問題。如今似乎不太可能了。」

「我認為你還有大好機會。」

「你真認為是那樣嗎？不，我不敢相信，那只是在鼓勵我。不要只是鼓勵我。我是要成為聖徒的。我是那麼企盼成為聖徒。」

「當然你會成為聖徒的，」佛拉塞說。

「不，我可能做不到了。嗯，假如我可能成為聖徒的話，我一定會好好做個聖徒。我會非常快樂的。」

「你有大好的機會成為聖徒。」

「不，你不要鼓勵我。哦，但願我是一位聖徒，但願我是一個聖徒！」

「你的朋友凱葉達諾魯茲怎麼樣了呢？」

「他快要好了，但是他已半身不遂。有顆子彈擊中靠近股部的大神經，兩條腿因而麻痺了。當他好到可以移動時他們才發現。」

「也許那條神經會復原。」

「我祈禱它會復原，」西西莉亞修女說。「你去看看他。」

「我不想看任何人。」

「你心裡明白你是高興看到他的。他們可以用車把他載到這裡來。」

「好的。」

他們把他推進來了，體態消瘦，皮膚白晰，頭髮烏黑，已長得應該修剪了，眼睛帶著笑意，笑時露出不整齊的牙齒。

「嗨，朋友，好嗎？」

「如你所見到的，馬馬虎虎，」佛拉塞說。「你呢？」

「老命是保住了，但兩條腿麻痺了。」

「真糟糕，」佛拉塞先生說。「但是，神經是可以復原的，就像換新的一樣。」

「他們也是這樣告訴我。」

「傷痛的情形怎麼樣？」

「現在沒有什麼。有一陣子我為腹部神經疼痛而幾乎發狂。我以為這是唯一要我命的疼痛。」

西西莉亞修女愉快地注視著他們。

「她對我說你從不抱怨，」佛拉塞先生說。

「病房裡有那麼多人，」墨西哥人表示反對說。「你的痛楚算幾等幾級？」

「相當厲害，當然沒有你那麼嚴重。護士不在的時候，我喊叫一兩個小時，而後安靜下來。我現在的神經情況非常糟糕。」

「你有收音機聽。如果我有私人房間和一架收音機，我會整個晚上都在歡呼。」

「我不相信。」

「閣下，是真的，那是非常合理的。但你不能面對那麼多人大聲呼叫。」

「至少，」佛拉塞先生說。「你的手仍然完好，他們告訴我說你可以用手謀生。」

「配合頭腦，」他拍拍他的額頭說。「但是，我的頭腦不太管用。」

「你的三位同鄉來過這裡。」

「是警方叫他們來看我的吧？」

「他們帶了些酒來。」

「可能不是什麼好酒吧？」

「不是好酒。」

「今晚警方要請他們演唱夜曲，」他笑道，然後拍拍肚子。「我還不能笑，他們天生是音樂家。」

「連射擊你的那一位都是嗎？」

「那是另一個傻瓜，玩牌時我白白地贏了他三十八元。那與射擊我無關。」

「他們三個人都告訴我，你贏了他們很多錢。」

「我卻窮得一無所有。」

「怎麼會呢？」

「我是可憐的理想主義者。我是幻覺的受害者，」他笑著說。然後露齒而笑。拍拍肚子。「我是職業賭徒，我很喜歡賭博。小賭可以騙，但真正的大賭是靠運氣。我的運氣不佳。」

「你從來沒有過好運？」

「從來沒有，我沒有一點好運道。那個射擊我的傢伙，他真的會用槍嗎？第一槍什麼也沒打著，第二槍被那個可憐的俄國人擋上了。我只有這次算是運氣。然而，怎麼樣呢？他還是射中了我的腹部兩槍。他是有運氣的人，我卻沒有運氣。如果他蹬著馬鐙，騎在馬背上，恐怕連馬都射不中。那是全靠運氣啊。」

「我認爲他是先射中你，後射中那俄國人。」

「不，俄國人先，我在後。報紙弄錯了。」

「你爲什麼不射擊他呢？」

「我從來就不帶槍。以我的壞運氣來說，如果我帶槍，我將在一年裡被吊死十次。我是個卑微的牌手，事實就是這樣。」他停下來，接著又繼續說，「每當我得到一筆錢時，我就去賭，然而每賭必輸。有一回賭博的時候，我放棄叫牌的機會就丟了三千元，雙倍就損失六千元。好點數卻大輸錢，這樣的賭博不止一次呢。」

「爲什麼不繼續叫牌呢？」

「假如我命長的話，我的運氣總會轉好的，天哪。我已倒楣了十五年。假如我的運氣好轉。我將會家財萬貫，」他露齒而笑。「我是個好賭徒，真的我很想享有財富。」

「你每賭必招致楣運嗎？」

「每次楣運都與女人有關，」他再次微笑，露出不整齊的牙齒。

「真的？」

「真的。」

「那要怎麼辦呢？」

「繼續賭下去，慢慢來，等待時來運轉呀。」

「但怎樣對待那女人呢？」

「賭徒跟女人在一起是不會有好運的。賭徒玩牌時必須專心，他必須夜裡去賭。夜裡是應該陪太太的時候。如果是一個值得你去陪伴的女人，愛好夜裡賭博的賭徒是不應該得到這樣一個女人的。」

「你簡直是個哲學家。」

「不，是小人物。是小市鎮裡的一個賭徒，從小城鎮賭到大城市，而後從頭再來。」

「而後肚子上被人家射中。」

「這樣的事是第一次，」他說。「只發生過這麼一次。」

「你已厭倦談話了吧？」佛拉塞先生示意說。

「不，」他說。「一定是我使你厭倦了。」

「你的那條腿怎麼樣了？」

「這條腿我已無可奈何。這條腿也許會好，也許不會好。腿已經麻痺，我要使血液能夠流通才行。」

「真的，我由衷祝福你，」佛拉塞先生說。

「彼此祝福，」他說。「病痛總會過去的。」

「不會太久的，真的。快要好了，沒有什麼太大的嚴重性。」

「很快就會好的。」

「彼此祝福。」

這天夜裡，墨西哥人在病房內拉手風琴和其他樂器，非常悅耳，有手風琴吸入呼出的聲音、鈴聲、敲打聲，還有從走廊上傳來的鈴聲。病房內有一位會玩牧場套繩的牛仔，曾在一個灰沙漫天的火熱下午，從密德奈險坡衝下來，招惹許多人來看他那副耀武揚威的神氣，而今背部折斷了，他想在復原後去學製皮革或編造籐椅。有一位木匠，他從鷹架上摔下來，折裂了雙踝和雙腕，他身輕如貓，卻缺乏貓的彈力，他們爲他接骨，很快就恢復了，可以重操舊業。有個來自農場的男孩，大約十六歲，斷了一條腿，因爲接骨不妥，必須重接。凱葉達諾魯茲這位小鎮中的賭徒，則是槍傷之後有條腿已經麻痺。走廊下的佛拉塞先生聽到那些被警方遣來的墨西哥人演奏樂曲，而引得大家歡欣爆笑，場面非常熱鬧。墨西哥人玩得很高興。他們很興奮地進來看佛拉塞先生，想知道他們是否還需要爲他再演奏些別的曲子。他們夜裡已來演奏過兩次，都是自願的。

最後一次演奏時佛拉塞先生躺在自己的房間裡，門是敞開著的，這次的音樂喧鬧而不悅耳，使他產生了反感。當他們問他想要聽什麼樣的曲子時，他要求演奏「蟑螂」一曲，這是首不祥的樂曲。演奏這個曲子的能手都已經死了。他們演奏得很糟，卻非常富有感情。這個曲子的演奏雖然比別的較好，而對佛拉塞來說，仍帶來喧嚷不快的感覺。佛拉塞先生不理會這種感覺上的牽引，繼續想他的事情。

本來除了寫作之外，他儘可能避免去思索，但現在他在想那個小個子的傢伙所說的話，以及這些演奏的墨西哥人。

宗教是人類的鴉片。他相信那個懷著憂傷的小個子所講的話。音樂是人類的鴉片，是的，老糊塗的人是不會想到這一點的。如今，經濟學是人類的鴉片；再就是，愛國主義是義大利人與德國人的鴉片。然而，性交呢，也會是人類的鴉片嗎？可能是一部份人的，是一些上流人士的。但是。酒是人類最好的鴉片，嗯，當然是最好的鴉片了。雖然有些人比較喜歡收音機，這是另一種鴉片，較爲便宜的鴉片。再下來，就是賭博，如果賭博也算是人類的鴉片，應該是最古老的一種了。野心是另一種人類的鴉片，在任何新政府形式之下，人們篤信這種鴉片。而你呢，你所需要的是無爲而治，總是要求政府儘量少管才是上上之策。自由，我們相信自由，現在自由二字成了麥克法登之流所辦的刊物名稱。我們相信他們還沒有找到新的名詞來代替。但是，什麼才是人類真正的鴉片呢？什麼才是人類真正的而又正確無訛的鴉片呢？他心裡非常明白。晚上他三杯下肚，他那清醒的心靈又混亂了。但他還知道身處何處（**當然，並非真的知道**）。那鴉片究竟是什麼呢？他知道得非常清楚。那是什麼呢？當然，麵包是人類的鴉片。到了白天，他還會記住這一點而又能夠理解箇中道理嗎？嗯，麵包是人類的鴉片。

「嘿，」佛拉塞先生對剛剛進來的護士說。「請那個瘦小的墨西哥人來這裡，好嗎？」

「你那麼喜歡那首曲子嗎？」墨西哥人在門口說。

「非常喜歡。」

「這是傳統的曲調，」墨西哥人說。「這是真正的革命歌曲。」

「啊，」佛拉塞說。「爲何人類無需麻醉劑就動起手術來了。」

「我不明白。」

「爲什麼人類的鴉片不全是好的？你希望人類怎樣呢？」

「他們應該不要受到無知的傷害。」

「不要空談吧，教育是人類的鴉片。你應該知道的，你受過一點教育。」

「你不相信教育嗎？」

「不相信，」佛拉塞先生說。「但是我相信知識。」

「我不同意你的看法。」

「許多時候，連我自己都不同意我的看法。」

「你要再聽一次『蟑螂』嗎？」墨西哥人懷著憂慮問道。

「是的，」佛拉塞先生說。「再演奏一遍『蟑螂』吧，它比收音機要好些。」

佛拉塞先生在想，革命不是鴉片，而是一種清滌，是一種只能由暴政來延長的狂喜。鴉片卻是用在革命之前或之後。他正想得入神，有些太過入神了。

再過一會兒他們就要走了，他想，他們會帶走那首名叫「蟑鄉」的曲子。然後，他收聽收音機，收聽「大殺手」的廣播節目那一小段時間的廣播，同樣的，你會收聽收音機，因此你幾乎不會聽到那首曲子了。

父與子

城裡大街的中心地段，豎著一塊要求車輛繞道行駛的牌子，可是車輛到此卻都公然直穿而過；尼克心想，那大概是因爲修路工程已經完竣，所以也就逕自順著那空蕩蕩的磚鋪大街往前駛去。星期天來往車輛稀少，紅綠燈卻變換頻繁，弄得他還要停車，他想，明年要是公家無力籌措這筆電費的話，這些紅綠燈也就要亮不起來了。

再往前去，是兩排濃蔭大樹，這是標準的小城風光，如果你是當地人，常在樹下散步，一定會從心底裡喜愛這些大樹的：只是在外鄉人看來，總覺得枝葉未免過於繁密，遮住了陽光，以致大樹下的房子不見天日，濕氣太重。

過了最後一幢住宅，便是那高低起伏、筆直向前的公路，紅土的路堤修得平平整整，兩旁都是第二代新長的幼樹。這裡雖不是他的家鄉，但是仲秋時節驅車行駛在這一帶，觀覽遠近景色，也確實賞心悅目。棉花早已摘完，墾地上已經翻種了一片片玉米，有的地方還間種著一道道紅高粱。一路行來，車子開得平順，兒子早已在身旁睡熟，一天的路程已經趕完，今晚過夜的那個城市又是他熟悉的，所以尼克現在滿有心思看看玉米地裡哪兒還種有黃豆，哪兒還種有豌豆，隔開多少樹林子有一片墾地，宅子和雜用小屋離田地和林子有多遠。他一路開過去，心裡還在思忖在這裡打獵該如何下手。他每過一片空地，都要打量一下飛禽野鳥會在哪兒覓食，會在哪兒找窩，暗暗估計到哪兒去找準能找到一大窩，鳥兒竄起來又會朝哪裡飛。

要是打鵪鶉的話，一旦獵狗找到了鵪鶉，那你千萬不能把鵪鶉逃回老窩的路給堵住，否則鵪鶉哄的一竄而起，會一股腦兒向你撲來，有的馬上衝天直飛，有的從你耳邊擦過，呼的一聲掠過你眼前時，那身影之大可是你從來也沒見過的。要獵這種鳥，只有一個好辦法，那就是背過身子，等鵪鶉從你肩頭上飛過，在停住翅膀快要斜掠入林的將下未下之際，瞄準了開槍。這種打鵪鶉的竅門都是父親教給他的。這會兒，尼克開始懷念起父親來了。一想起父親，首先出現在眼前的總是他的那雙眼睛。魁偉的身軀，敏捷的動作，寬闊的肩膀，彎彎的鷹鉤鼻，那老好人式的下巴底下的一把鬍子，這些都還在其次——他最先想到的總是那雙眼睛。兩道眉毛擺好陣勢，在前面構成了一道屏障，眼睛就深深地嵌在頭顱裡，彷彿是什麼無比貴重的儀器，需得加以特殊保護似的。父親眼睛銳利，看得遠，比起常人來要勝過許多，這一點是父親得天獨厚之處。父親的眼光之銳利，可以說不下於巨角野羊，不下於雄鷹。

當年他常常跟父親一起站在湖邊，那時他自己的眼力也還非常好，父親有時會對他說：「對岸升旗了。」尼克卻怎麼也瞧不見旗子更瞧不見旗竿。父親接著又會說：「瞧，那是你妹妹桃樂西。旗子就是她升上去的，這會兒她走上碼頭來了。」

尼克隔湖望去，看見了對面那林木蓊鬱的一長列湖岸，河岸背後聳起的大樹，突出在里湖口的尖角地，牧場一帶光潔的山崗，以及綠樹掩映下的他們家白色的小木屋，可就是瞧不見旗竿，也瞧不見碼頭，看到的只是一灣湖岸，白茫茫的淺灘。

「靠近尖角地那面的山坡上有一群羊，你看得見嗎？」

「看見了。」

他只看見青灰色的山上有一塊淡淡的白斑。

「我還數得出羊的數目。」父親說。

父親非常神經質，人只要有某一方面的官能超過了常人的需要，那就難免會有這種毛病。而且他還很感情用事，感情用事的人往往就像他這樣，心腸雖冷酷，卻常常受欺負。此外，他遇到的倒楣事也很多，這未必是他自己招來的。人家做了個圈套，他去稍稍幫了點忙，結果倒反而遭到背叛，落在這個圈套裡送了命——其實在他生前也早就受夠這幫子傢伙形形色色的陷害了。感情用事的人就是這樣，老是要受到人家的陷害。尼克現在還沒法把父親的事情寫出來，那只能期諸將來了。不過眼前這片打鷸鶉的好地方，倒使他又想起了他小時候心目中的父親。那時有兩件事他很感激父親，那就是父親教會了他釣魚和打獵。

在這兩件事上，父親的見解確是相當精闢的，雖然在另一些問題上，比如在兩性問題上，他的看法就很不高明了。不過尼克覺得，幸虧父親教得有道理的是前者而沒道理的是後者，因爲男孩子的第一把獵槍總得有個來路，或是有人給你，或是有人幫你搞來讓你使用：再說，要學打獵或釣魚也總得住在個有遊魚、有鳥獸的地方啊！他今年三十八歲了，愛釣魚、愛打獵的興致，至今還不下於當年第一次跟隨父親出獵的時候。他這股熱情從不曾有過絲毫的衰減。他真感激父親培養了他這股熱情。

至於另一個問題，父親不高明的那個問題，那就不同了。性事其實無需外求，一切都是生而有之，人人都是無師自通，住在哪裡都是一樣的做愛。他記得很清楚，在這個問題上，父親給過他的資訊總共只有兩條。某次他倆一起出去打獵，尼克在一棵青松上打中了一隻紅松鼠。松鼠受了傷，摔了下來，尼克過去一把抓住，沒想到那小東西竟把他的大拇指咬了個對穿。

「這下流的小狗日的！」尼克一面罵一面就把松鼠腦袋啪的一聲往樹上砸去。「看牠咬得我多厲害。」

父親看了一下說：「快用嘴吸一下，連血吐掉，回到了家裡還得再塗點碘酒。」

「這小狗日的，」尼克又罵了一聲。

「你可知道狗日是什麼意思？」父親問他。

「一句平常的罵人話吧！」尼克說。

「狗日的意思就是說人跟畜生亂交。」

「人幹嘛要這樣呢？」尼克說。

「我也不知道，」父親說。「反正這種壞事是傷天害理的。」

那番對話引起了尼克的遐想，他愈想愈覺得汗毛直豎，他一種種畜生想過來，覺得無論就吸引力或實用性而言，這種事好像都不可能。父親傳給他直截明白的性知識除此之外還有一條。那是有一天早上，他看到報上刊載一則消息，說是恩立科．卡羅素因犯誘姦罪遭到逮捕。

「誘姦是怎麼回事？」

「這是一種最最傷天害理的壞事。」父親回答說。尼克便只好發揮他的想像力，設想這位男高音名歌唱家見到一位女士，美麗迷人有如菸盒子裡畫上的安娜·海爾德，驚艷之下，手裡拿了個搗馬鈴薯泥的器具之類，對她做出了什麼稀奇古怪、猥褻冒犯的事情。尼克儘管心裡相當害怕，不過還是暗暗打定主意，等自己年紀大了，至少也要這麼來一下試試。

在這方面父親後來還做了總結：手淫會引起眼睛失明、精神錯亂，甚至危及生命，而宿娼則會染上見不得人的花柳病；所以一定要切記不可去接識這類放縱性慾的人。當然，另一方面，父親的眼睛之好，確實是尼克見所未見的特例。尼克非常愛他，從小就非常愛他。可是現在尼克對所有的前因後果都已了然於心，而他一想起家運衰敗前的那些歲月，回憶就充滿了苦澀。要是能寫出來的話，倒也可以排遣悲懷。許多事情他一寫出來，就都排遣開了。可是要寫這件事還爲時過早。好多人都還在世。所以他決定還是換點別的事情想想。父親的悲劇是無可挽回的，他早已翻來覆去想過多少回了。那殯儀館老闆在父親臉上怎麼化的妝，他都還歷歷在目，其他的種種光景也都記憶猶新，連遺下多少債務都還沒有忘記。他恭維了殯儀館老闆幾句。那老闆相當得意，一副沾沾自喜的樣子。其實父親的最後遺容，並不決定於殯儀館老闆的手藝。殯儀館老闆不過是看見化粧上有什麼瑕疵，便設法把缺陷予以彌補了而已。父親的相貌是長時期來，在內外兩方面因素的影響下步步形成的，特別是最後三年，就完全定型了。這事說起來倒是很有意思，可是牽涉到在世的人太多，目前不便寫出來。

至於那種年輕人的事兒，尼克還是在印第安人營地後面的青松林裡自己開蒙的。他們的小木屋背後有一條小徑，穿過樹林可以直抵牧場，從牧場再轉上一條蜿蜒曲折的路，越過林中空地，便到了印第安人的營地。他真巴不得還能赤著兩隻腳到那林間小徑上去走上一回。小木屋背後是一片青松林，一進林子便是遍地腐熟的松針，倒地的老樹都成了堆堆木屑，雷擊劈開的長枝條兒像標槍一樣掛在樹梢。小溪上架著根獨木橋，你要是踩一個空，橋下等著你的便是黑黝黝的淤泥。翻過一道柵欄，就出了樹林，這裡陽光下的田野小道就是硬篤篤的了，田野裡只剩些草碴，有的地方長著些小酸模草和天蕊花，左邊有個泥水塘，那就是小溪的盡頭，是個鳥覓食的所在。牧場的水上冷藏所就蓋在這小溪裡。牲口棚下邊有些新鮮的畜糞，另外還有一堆陳糞，上面已經乾結。再翻過一道柵欄，走過了從牲口棚到牧場房子又硬又燙的小道，就是一條燙腳的沙土大路，一直通到樹林邊，中途又要跨過小溪，這條小溪上倒有一座橋，橋下一帶長著些香蒲草，晚上用魚叉去捕魚，就是用這種香蒲草浸透了火油，點著了做篝火來照明的。

大路到了樹林邊就向左轉，繞過林子上山而去，這時就得另走一條寬闊的黏土碎石子路進入林子。上有樹蔭，踩上去是沁涼的，而且路面也特別開闊，因爲印第安人剝下的青松皮須得往外拖運。青松皮疊得整整齊齊，一長排一長排堆在那兒，頂上另外再蓋上樹皮，看去真像房子一樣。砍倒了樹剝去了皮，剩下那粗大的黃色樹身，就都扔在原處，任其在樹林子裡枯爛，連樹梢頭的枝葉都不砍掉，也不燒掉。他們要的就是樹皮，剝下來好賣給波依恩城的皮革廠；一等冬天湖上封凍，就都拉到冰上，一直拖到對岸。所以樹林就一年稀似一年，而那種光禿禿、火辣辣、不見綠蔭、但見滿地雜車的林間空地，地盤愈來愈大了。

不過在當時，那裡的樹林還挺茂密，而且都還是原始森林，樹幹都長到非常高才分出枝椏來，在林子裡走，腳下盡是一片褐色的鬆軟松針，乾乾淨淨，沒有一些亂叢雜樹，外邊天氣再熱，那裡也是一片蔭涼。那天他們三個就靠在一棵青松的樹幹上，那樹幹之粗，超過了兩張床的長度。微風在樹頂上拂過，漏下來斑駁蔭涼的天光。比利開口說：

「你還要普魯娣嗎？」

「普魯娣，你說呢？」

「嗯哼。」

「那咱們去吧。」

「不，這兒好。」

「可是比利在……」

「那有什麼。比利是我哥哥。」

後來他們三個就又坐在那裡，靜靜的聽，枝頭高處有一隻黑松鼠，卻看不見。他們等著那小東西再叫一聲，只要牠一叫，一豎尾巴，尼克就看見哪兒有動靜，就可以朝那兒開槍。他打一天獵，父親只給他三發子彈，他那把獵槍是二十號單筒槍，槍筒非常長。

「這王八蛋一動也不動。」比利說。

「你開一槍，尼克。嚇嚇牠。等牠往外一逃，你就再來一槍。」印地安女孩普魯娣說。她難得能說上這樣幾句連貫的話。

「我只有兩發子彈了。」尼克說。

「這王八蛋。」比利說。

他們就背靠大樹坐在那兒，都不作聲。尼克覺得肚子餓了，心裡卻挺快活。

「艾迪說他總有一天晚上要跑來跟你妹妹桃樂西睡上一覺。」

「什麼？」

「他是這麼說。」

普魯娣點了點頭。

「他就想來這一手。」她說。艾迪是他們的異母哥哥，今年十七歲。

「要是艾迪·吉爾貝晚上敢來，膽敢來跟桃樂西說一句話，你們知道我要拿他怎麼辦？我就這樣宰了他。」尼克把槍機一扳，简直連瞄也不瞄，就是叭的一槍，把那個雜種小子艾迪·吉爾貝的腦袋上、或是肚子上打出個巴掌大的窟窿。「就這樣。就這樣宰了他。」

「那就勸他別來。」普魯娣說。她把手伸進了尼克的口袋。

「得勸他多小心點。」比利說。

「他是個吹牛大王。」普魯娣的手在尼克的口袋裡摸了個遍。「可是你也別殺他。殺了他要惹大禍的。」

「我就要這樣宰了他。」尼克說。艾迪．吉爾貝躺在地上，胸口打了個大開膛。尼克還神氣活現地踏上了一隻腳。

「我還要剝他的頭皮。」他興高采烈地說。

「那不可以，」普魯娣說。「那太狠了。」

「我要剝下他的頭皮，給他媽送去。」

「他媽早就死了，」普魯娣說。「你可別殺他，尼克。看在我的份上，別殺他。」

「剝下頭皮以後，就把他扔給狗吃。」

比利這下有了心事。「得勸他小心點。」他悶悶不樂地說。

「叫狗把他撕得粉碎，」尼克說。他想起這個情景，得意極了。把那個無賴雜種剝掉了頭皮以後，他就站在一旁，看那傢伙被撕得粉碎，他連眉頭都沒皺一下，正看著；忽然一個踉蹌往後倒去，靠在樹上，脖子被緊緊勾住了——原來是普魯娣摟住了他，摟得他氣都透不過來了，一邊還在那裡嚷嚷：「別殺他呀！別殺他呀！別殺他呀！別殺！別殺！別殺！尼克！尼克！尼克！」

「你怎麼啦？」

「別殺他呀。」

「非殺了他不可。」

「他是吹吹牛罷了。」

「好吧，」尼克說。「只要他不上門來，我就不殺他。快放開我。」

「這就對了，」普魯娣說。「你現在想不想？我現在倒覺得可以。」

「只要比利肯走開點兒。」尼克殺了艾迪．吉爾貝，後來又饒他不死，自以爲男子漢大丈夫也不過如此。

「你走開點兒，比利。你怎麼老是死纏在這兒。走吧走吧。」

「王八蛋，」比利罵了一聲。「真把我煩死了。咱們到底來幹嘛？是來打獵還是怎麼著？」

「你把槍拿去吧。還有一發子彈。」

「好吧。我管保打上一隻又大又黑的。」

「等會兒我們叫你。」尼克說。

過了好半天，比利還沒有回來。

「你看我們會生個孩子出來嗎？」普魯娣快活地盤起了她那雙黝黑的腿，挨挨擦擦地偎在尼克身邊。尼克卻不知有什麼心思牽掛在老遠以外。

「不會吧，」他說。

「不會？不會才怪呢。」

他們聽見比利的一聲槍響。

「不知他打到了沒有？」

「管他呢！」普魯娣說。

比利從樹林子裡走過來了，槍挎在肩上，手裡提著隻黑松鼠，抓住了兩隻前腳。

「瞧，」他說。「比隻貓還大。你們做完啦？」

「你在哪兒打到的？」

「那邊。看見牠逃出來，就打著了。」

「該回家啦！」尼克說。

「還早哪！」普魯娣說。

「我得回去吃晚飯。」

「那好吧。」

「明天還打獵嗎？」

「好。」

「松鼠你們就拿去吧。」

「好。」

「吃過晚飯還出來嗎？」

「不了。」

「你覺得怎麼樣？」

「還好。」

「那好吧。」

「在我臉上親一下。」普魯娣說。

這會兒尼克開著汽車行駛在公路上，天色很快就要黑下來了，他還一直在那裡回憶父親的事。一到黃昏，他可就不會再想父親了。每天一到黃昏，尼克就不許別人打攪了，他要是不能清清靜靜地過上一晚，就會覺得渾身不對勁。他每年一到秋天或者初春，就常常會懷念父親，或是因爲看見大草原上飛來了小鷸，看見地裡架起了玉米堆，或是因爲看見了一泓湖水，有時哪怕只要看見了一輛馬車，或是因爲看見了雁陣，聽見了雁聲，或是因爲隱蔽在水塘邊上打野鴨，想起了有次大雪紛飛，一頭老鷹從空而降抓住布篷裡的野鴨子，拍了拍翅膀正要竄上天去，卻冷不防讓布篷勾住了爪子。

他只要走進荒蕪的果園，踏上新耕的田地，到了樹叢裡，到了小山上，他只要踩過滿地黃葉，只要一劈柴，一提水，一走過磨坊、榨房、水壩，特別是只要一看見野外燒起了篝火，父親的影子總會猛然間出現在他眼前。不過他住過的一些城市，父親卻沒有去過。從十五歲起他就跟父親完全分開了。

寒冬時父親鬍鬚裡結著霜花，一到熱天卻又汗出如漿。他喜歡頂著太陽在地裡幹活，因爲這本來不是他的份內事，但他就是愛幹些力氣活兒，而尼克可就不愛。尼克熱愛父親，卻討厭父親身上的那股氣味。一次，父親有一套襯衣縮得自己不能再穿了，就叫他穿，他穿著覺得直噁心，就脫下來扔在小溪裡，上面用兩塊石頭壓住遮好，回家只說是弄丟了。父親叫他穿上的時候，他對父親說過那有股味兒，可是父親卻說衣服才剛洗過。衣服也確實是剛洗過。尼克請他聞聞看，父親頗為生氣，拿起來一聞，連聲說滿乾淨、滿新鮮。等到尼克釣魚回來，身上的襯衣已經沒了，誑稱是他弄丟了。就因為撒了這個謊，結果挨了一頓鞭子。

事後，他就把獵槍上了子彈，扳起槍機，坐在小柴間裡，柴間的門開著，從門裡可以看見父親坐在門廊的紗窗下看報，他心裡想：「我一槍可以送他去下地獄。我打得中他。」到最後他的氣終於消了，可是想起這把獵槍是父親給的，還是覺得有點噁心。於是他就摸黑走到印第安人的營地上，想去散散這股氣味。家裡只有一個人的氣味他不討厭，那就是妹妹。跟別人他就儘量避免接觸。等到他開始抽菸，他那個鼻子就不那麼敏銳了。這對他倒是件好事。捕鳥獵犬的鼻子愈敏銳愈好，可是人的鼻子太敏銳就未必有什麼好。

「爸爸，你小時候常常跟印第安人一塊兒去打獵，你們是怎麼打的呀？」

「這怎麼說呢。」尼克倒吃了一驚。他沒有注意到孩子已經醒了。他看了看坐在身邊的孩子。他已經進入了獨自一人的境界，其實這孩子卻睜大了眼在他身邊。也不知道孩子醒來有多久了。「我們常常去打黑松鼠，一打就是一天，」他說。「我父親一天只給我三發子彈，他說要這樣才能把打獵的功夫學精，小孩子拿了槍劈劈啪啪到處亂放，是學不到本領的。我就跟一個叫比利·吉爾貝的印地安小伙子，還有他的妹妹普魯娣，一塊兒去打。有一年夏天，我們幾乎天天都去。」

「真怪，印第安人也有叫這種名字的。」

「那可不。」尼克說。

「跟我說說，他們是什麼樣子的？」

「他們是奧吉勃威族人，」尼克說。「人都是很好的。」

「跟他們作伴，有趣嗎？」

「這很難說得清！」尼克說。難道能跟孩子說，就是她第一個給了他從未有過的樂趣？難道能對孩子提起那豐滿黝黑的大腿，那平滑的肌膚，那結實的小小的奶子，那摟得緊緊的手臂，那靈活的舌尖，那迷離的雙眼，那嘴裡的一股美妙的味兒？難道能講隨後的那種不安，那種親熱，那種甜蜜，那種滋潤，那種溫存，那種體貼，那種刺激？能講那種無限圓滿、無限完美的境界，那種沒有窮盡的、永遠沒有窮盡的、永遠永遠也不會有窮盡的境界？可是這些突然一下子都結束了，眼看一隻大鳥就像暮色蒼茫中的夜梟一樣飛走了；然而樹林子裡還是一派光亮，留下了許多松針還黏在肚子上。真是刻骨銘心啊！以後你每到一個地方，只要那兒住過印第安人，你就嗅得出他們留下的蹤跡。空藥瓶的氣味再濃，嗡嗡的蒼蠅再多，也壓不倒那種香草的氣息，那種煙火的氣息，還有那另外一種新剝貂皮似的氣息。即便聽到了挖苦印第安人的玩笑話，看到了蒼老乾枯的印第安老婆子，這種感覺也不會改變。

也不怕他們身上帶著一股過於刺鼻的香味。也不管他們最後做了些什麼工作。他們的歸宿如何並不重要。反正他們的結局全都是一樣。很久以前還不錯，現今可非常淒慘。

再拿打獵來說吧。打下一隻飛鳥，跟打遍天上的飛鳥其實還不是一回事？鳥兒雖然有各種各樣，飛翔的姿態也各個不同，可是打鳥的快樂都是一樣的，打頭一隻鳥好，打末一隻鳥又何嘗不好。他能夠懂得這一點，實在應該感謝父親。

「你也許不會喜歡他們，」尼克對兒子說。「不過我覺得他們是很惹人喜愛的。」

「爺爺小時候也跟他們在一塊兒住過，是嗎？」

「是的。那時我也問過他印第安人是什麼樣子的，他說印第安人有好多是他的朋友。」

「我將來也可以去跟他們一塊兒住嗎？」

「這我就不好說了，」尼克說。「這是應該由你來決定的。」

「我到幾歲才可以拿到一把獵槍，獨自一個兒去打獵呀？」

「十二歲吧，如果到那時我看你做事小心的話。」

「我要是現在就有十二歲，該有多好啊。」

「反正那也快了。」

「我爺爺是什麼樣子的？我對他已經沒啥印象了，只記得那年我跟你從法國來美國，他送了一把氣槍和一面美國國旗給我。他是什麼樣子的？」

「他這個人很難形容，打獵的本領了不起，捕魚的本領也了不起，還有一雙好眼睛。」

「比你還了不起嗎？」

「他的槍法要比我強得多了，他的父親也是一個打飛鳥的神槍手。」

「我不相信他打獵比你還厲害。」

「噢，他真比我還強。他出手快，打得準。看他打獵，比看誰打獵都過癮。他對我的槍法是很不滿意的。」

「咱們怎麼從來也不到爺爺墳上去禱告禱告？」

「咱們的家鄉不在這一帶。離這裡遠著呢。」

「在法國可就沒有這樣的問題。要是在法國，咱們就可以去。我想我總應該到爺爺的墳上去禱告禱告。」

「改天去吧。」

「以後咱們可別住得那麼遠才好，不然，將來我到不了你的墳上去禱告，那怎麼行呢。」

「那以後再瞧著辦吧。」

「你說咱們大家都葬在一個方便的地方好不好？咱們都葬在法國吧。葬在法國好。」

「我可不想葬在法國。」尼克說。

「那也總得在美國找個比較方便的地方。咱們就都葬在牧場上，可以嗎？」

「這個主意倒不壞。」

「這樣，我在去牧場的路上，就可以在爺爺墳前順便停一停，禱告一下。」

「你倒想得很實際嘛。」

「呃，爺爺的墳連一次也沒去過，我心裡總覺得不大舒坦啊。」

「我們總要去的，」尼克說。「放心吧，我們總要去的。」

◎海明威年表

一八九九年　一歲

七月廿一日出生在伊利諾州的橡樹園，父親為克萊倫斯．愛德門滋．海明威醫生，母親為葛麗絲．赫爾，出身望族，喜好音樂，海明威為六個孩子中的老二。

一九〇一年　二歲

父親給他釣具，夏天全家前往密西根州北端華倫湖畔的別墅度假，自此，海明威每年夏季均與其父親在此釣魚、打獵，留下快樂的回憶。

一九〇九年　十歲

生日那天，父親贈以獵槍，海明威愛不釋手。

一九一三年　十四歲

秋，進橡樹園高中。在學校中，編輯校刊，並於校刊上發表短文，此時已展現文學上的才華。並為游泳、足球選手。

一九一七年　十八歲

四月，美國加入第一次世界大戰，海明威立即志願入伍從軍，但因左眼受傷，未能如願。秋，畢業於橡樹園中學；旋即在堪薩斯市「星報」擔任實習記者。

一九一八年　十九歲

四月，與友人辭去「星報」職務，應徵義大利軍的紅十字會救護車司機。五月末，前往紐約登船，六月，經巴黎至米蘭。七月，腿部被迫擊砲碎片炸成重傷，進米蘭陸軍醫院，約三個月出院，再投效戰場。十一月，大戰結束，義大利政府授以勳章。

一九一九年　二十歲

一月退役。在密西根湖畔度過秋冬，努力寫作。

一九二〇年　二十一歲

擔任加拿大多倫多市「明星報」與「明星週刊」的記者。五月返回美國，發現父母親不和，海明威同情其父，與母親的感情日益疏離。秋，前往芝加哥，認識了日後成為他首任妻子的哈德莉。

一九二一年　二十二歲

與大他八歲的哈德莉從戀愛到結婚，居於多倫多；十二月，擔任「明星報」駐歐特派員，離開美國，前往歐州。

一九二二年　二十三歲

在作家安德森介紹下，往訪巴黎著名女評論家斯坦茵女士，獲得賞識；並結識當時在巴黎的名詩人龐德及作家喬艾斯。秋，赴現場報導土希戰爭及洛桑和平會議消息。其妻哈德莉在赴洛桑與他會合途中，遺失裝有海明威多篇作品初稿的皮箱，令海明威沉痛萬分。

一九二三年　二十四歲

七月，第一本書《三個故事與十首詩》（Three Stories and Ten Poems）在巴黎出版，嶄露頭角。

一九二四年　二十五歲

一月，三十二頁的小冊書《在我們的時代》在巴黎出版。夏，旅行西班牙，觀賞鬥牛，從此對鬥牛念念不忘。

一九二五年　二十六歲

《在我們的時代》（In our Time），美國版由伯尼．李佛萊特公司出版。此書是把巴黎版的小冊書更新並擴大，加入了十四個短篇故事。

一九二六年　二十七歲

五月，海明威的諧謔嘲諷之作《春潮》（The Torrents of Spring），由紐約的查理斯書記之子出版家（Charles Scribner's Sons）出版，也就是後來他一系列作品的出版者。海明威的首部長篇小說《太陽依然昇起》（The Sun Also Rises）在十月出版，為他帶來了如潮湧至的好評。海明威從此成為純文學領域中的暢銷書作家。

一九二九年　三十歲

一月，與哈德莉離婚；與寶琳．費佛結婚。九月，《戰地春夢》（A Farewell to Arms），海明威的第一部獲利成功之作出版：初版八萬本，四個月內銷售一空。十月，出版《沒有女人的男人》（Men Without Women），包括十四個短篇小說，其中有四篇曾在雜誌中發表過。此書奠立了海明威簡潔冷峭的短篇小說風格。

一九三二年　三十三歲

出版報導文學《午後之死》（Death in the afternoon）。隨即又出版震撼文壇的小說集《勝利者一無所獲》（Winner Take Nothing），共十四個故事。

一九三五年　三十六歲

出版《非洲青山》（Green Hills of Africa）。

一九三六年～一九三七年

寫作、演講，並為西班牙內戰的保皇黨募錢。

一九三七年　三十八歲

在西班牙，為北美報業同盟採訪內戰新聞，出版《有錢‧沒錢》（To have and have not），包括三個互有關連的故事，其中有兩個曾單獨發表過。另出版《第五縱隊與首批四十九篇故事》（The fifth Column and the first Forty-Nire Stories），其中包括戲劇，以及前三階段發表的短篇小說，再加以七個以前曾經出版過的故事。

一九四〇年　四十一歲

以西班牙內戰為背景的長篇小說《戰地鐘聲》（For Whom the Bell Tolls）出版，是海明威的最佳暢銷書。同年，其妻寶琳‧費佛與他離異；他又與女記者瑪莎‧傑爾洪結婚。

一九四二年　四十三歲

出版《人在戰爭中》（Men at War）。本書收集了所有有關戰爭的故事，重新出版，並加有海明威的介紹。

一九四二年～一九四五年

投身第二次世界大戰的現場，為報章雜誌擔任戰場採訪任務，並報導歐洲戲劇之爭論。

一九四四年　四十五歲

與瑪莎‧傑爾洪離婚；接著與瑪麗‧威爾絲結婚。

一九五〇年　五十一歲

寫作了甚久的長篇小說《渡河入林》（Across the River and Into the Tress）出版。

一九五二年　五十三歲

畢生巔峰之作《老人與海》（The old Man and The Sea）發表在「生活雜誌」九月號期刊上。隨即出版單行本，風靡全球，膾炙人口。由此，海明威儼然成為現代文學的傳奇人物。

一九五四年　五十五歲

獲得諾貝爾文學獎。獲獎理由提到「他精擅現代化的敘述藝術，有力而獨創一格」，與海明威同為廿世紀美國文學巨擘、也榮獲諾貝爾文學獎的福克納對他推崇備至，稱譽海明威的作品是「文學界的奇蹟」。

一九六〇年　六十一歲

長年積勞，一邊奔波忙碌，一邊埋首寫稿，海明威的身體出現病徵，入明尼蘇達州羅徹斯特醫院接受電擊治療。

一九六一年　六十二歲

一月出院，四月底再次入院，六月末又堅持出院。七月二日凌晨，被發現死在自宅樓下的槍架前，一般認為係屬自殺。

海明威精品集

勝利者一無所獲

作　者：海明威
譯　者：秦懷冰
出版者：風雲時代出版股份有限公司
出版所：風雲時代出版股份有限公司
地址：105台北市民生東路五段178號7樓之3
風雲書網：http://www.eastbooks.com.tw
官方部落格：http://eastbooks.pixnet.net/blog
信箱：h7560949@ms15.hinet.net
郵撥帳號：12043291
服務專線：(02)27560949
傳真專線：(02)27653799
執行主編：劉宇青
封面設計：楊佳璐
法律顧問：永然法律事務所 李永然律師
　　　　　北辰著作權事務所 蕭雄淋律師

初版日期：2011年8月
ISBN：978-986-146-798-6

總 經 銷：成信文化事業股份有限公司
地　　址：台北縣新店市中正路四維巷二弄2號4樓
電　　話：(02)2219-2080

行政院新聞局局版台業字第3595號 營利事業統一編號22759935

定價：180元

國家圖書館出版品預行編目資料

勝利者一無所獲 ／ 海明威作；秦懷冰譯. --
臺北市：風雲時代，2011.07 面；公分

譯自：Winner Take Nothing
ISBN 978-986-146-798-6 （平裝）

874.57　　　　100009817